Ein Fremder ist ein Freund ...

... den du noch nicht getroffen hast

Yesterday a stranger was at my door
I put food in the eating place
Drink in the drinking place
Stories, songs and music in the listening place
And the stranger he blessed
Me, my dear ones, my kettle and my home
For often, often, often sings the lark in its song
Goes the lord of all in the strangers guise

(Celtic Rune of Hospitality)

Gestern war ein Fremder an meiner Tür.
Ich brachte Speisen an den Tisch,
Getränke an den Tisch,
Geschichten, Lieder und Musik zu Gehör.
Und der Fremde? Er segnete
mich, meine Lieben, meinen Kessel und mein Haus.
Denn oft, oft, oft, so singt die Lerche in ihrem Lied,
reist der Herrgott in des Fremden Gestalt.

(Keltisches Gedicht von der Gastlichkeit).

David Campbell, Edinburgh, Schottland, 2014

Kay Lorenz (Hrsg.)

Ein Fremder ist ein Freund ...
... den du noch nicht getroffen hast

Märchen und Rezepte aus den Ursprungsländern
der Migrantenströme

Bibliografische Information der Deutschen Nationalbibliothek:
Die Deutsche Nationalbibliothek verzeichnet diese Publikation
in der Deutschen Nationalbibliografie; detaillierte bibliografi-
sche Daten sind im Internet über http://dnb.dnb.de abrufbar.

© 2017, Kay Lorenz

Titelbild : **Kay Lorenz**
Herausgeber: **Kay Lorenz**

ISBN: 978-3-7412-2278-8

Herstellung und Verlag: BoD – Books on Demand, Norderstedt

Inhalt

Inhalt

Vorwort

Das Jahr 2015 hat uns schätzungsweise 1 Million neuer Menschen ins Land gebracht. Flüchtlinge aus den Ländern der Levante (Syrien, Irak), aus Persien, aus Afghanistan, aus Afrika und vom Balkan. Jetzt gilt es, diejenigen, die das Recht haben, bei uns zu bleiben, zu integrieren. Das bedeutet für mich, dass wir zuerst zwei Fragen stellen sollten. Die erste Frage lautet: „Wie können diese Menschen uns kennenlernen?" Die zweite Frage lautet: „Wie können wir diese Menschen kennenlernen?" Es gibt einen einfachen Weg, Menschen kennenzulernen. Das drückt das folgende keltische Gedicht aus:

Gestern war ein Fremder an meiner Tür.
Ich brachte Speisen an den Tisch,
Getränke an den Tisch,
Geschichten, Lieder und Musik zu Gehör.
Und der Fremde? Er segnete
mich, meine Lieben, meinen Kessel und mein Haus,
Denn oft, oft, oft, so singt die Lerche in ihrem Lied,
reist der Herrgott in des Fremden Gestalt.

(Keltisches Gedicht von der Gastlichkeit).

Mit dieser Sammlung an Geschichten und Rezepten aus den Heimatländern unserer Gäste und neuen Mitbürger versuche ich, einen Beitrag dazu zu leisten, diese möglichen neuen Freunde kennenzulernen. Ich möchte mit einer Geschichte beginnen:

Ich war vor nicht allzu langer Zeit auf einer Hochzeit. Wir feierten im Erdgeschoss eines großen, noblen Hotels, mitten in der Stadt. Der Ballsaal hatte eine Tür, die hinausführte auf die Straße. Wir waren ungefähr 120 Gäste auf dieser Hochzeit.

Vorwort

Während wir aßen, tranken, lachten, das Brautpaar hochleben ließen und tanzten, spielte sich draußen auf der Straße ein Drama ab.

Eine Familie, fremdländisch aussehend, ein Mann, eine Frau und ein kleiner Junge, wurde von einer Gruppe Skinheads durch die Straßen gejagt. Wir bemerkten zunächst nichts davon. Wir waren damit beschäftigt, zu feiern. Draußen in den Straßen dagegen brüllten die Skinheads: „Schlagt dieses Pack tot. Wir wollen die hier nicht!" Dabei wollte diese Familie an einem wunderschönen Samstagnachmittag nur ganz einfach und ruhig einkaufen. Jetzt flüchteten sie durch die Straßen vor einer wilden, brüllenden Horde: „Deutschland den Deutschen, Ausländer raus! Weg mit diesem dreckigen Pack. Wir müssen das Ungeziefer vernichten!" Schließlich schaffte es die Familie bis zu der Tür des Ballsaales, in dem wir feierten. Die Tür flog auf. Abgekämpft und keuchend traten die drei ein. Die Frau hatte mittlerweile auf der Flucht ihr Kopftuch verloren. Der kleine Junge war gestürzt. Er weinte, weil ein Knie aufgeschlagen war.

Die Musik hörte auf zu spielen und 120 Augenpaare richteten sich auf die Tür. Einige von uns wollten den drei armen Menschen helfen. Andere dagegen empörten sich: „Was fällt denen ein, unsere Feier zu stören!" Diejenigen, die sich empört hatten, mokierten sich obendrein: „Seht doch nur, wie sie aussehen. Ja wenn sie wenigstens einigermaßen angemessen gekleidet wären. So aber passen die nicht in unsere Gesellschaft." Und der nächste sprach: „Und überhaupt, nachher wollen die noch mit uns essen! Aber wir sind 120 Leute und haben 120 Gedecke bestellt. Da ist nichts übrig für Fremde!" An dieser Stelle konnte ich nicht anders, als mich zu fragen, was denn das für eine Küche sein soll. Als ob es einen Unterschied bedeutet, ob man 120 oder 123 Gedecke zubereitet.

Vorwort

Glücklicherweise dachten die meisten so wie ich. Und so wurden drei Stühle herbeigeholt und Platz für die drei Neuankömmlinge geschaffen. Die Feier ging fröhlich weiter. Eine der Damen gab der fremden Frau ihr Halstuch, damit sie es als Kopftuch benutzen und ihre Haare bedecken konnte - wie es bei den Fremden offenbar üblich war. Es wurde viel gelacht, viel gesungen und viel getrunken. Im Laufe des Abends wurden auch Lieder der Neuankömmlinge gespielt und dazu gesungen und getanzt. Selbst diejenigen, die sich zu Anfang noch gestört gefühlt hatten, mussten am Ende zugeben, dass dies ein wunderbares Fest war. Es sind an diesem Tag bestimmt auch neue Freundschaften zwischen einigen Gästen und den Fremden entstanden und man beschloss, sich wieder zu sehen. So stelle ich mir eine schöne Hochzeit vor ...

Wenn man jetzt bedenkt, dass wir 120 Gäste waren, dann haben diese drei Neuankömmlinge in keiner Weise gestört. Wenn wir jetzt ferner annehmen, dass es uns auch im letzten Jahr (2016) nicht gelungen wäre, die Flüchtlingsströme einzudämmen, dann hätten wir noch einmal 1 Million neuer Flüchtlinge bekommen und die Zahl der Flüchtlinge wäre auf 2 Millionen angewachsen. Wir sind 82 Millionen Menschen in Deutschland. Wenn man jetzt rechnet 2 Millionen durch 82 Millionen und diesen Anteil nimmt und auf 120 Leute hochrechnet, dann kommt man auf die Zahl 2,44! Das entspricht nicht einmal drei Menschen, also einer kleinen Familie, so, wie sie auf unsere Feier kam. Ich frage mich jetzt, ob es tatsächlich Menschen gibt, die ernsthaft daran glauben, dass drei Menschen, zwei Erwachsene und ein Kind - und seien es auch Muslime, Buddhisten, Juden oder Zahnfeegläubige - in der Lage sind, eine Hochzeit oder die Kultur von 120 Leuten ernsthaft zu gefährden. Auf unserer Feier jedenfalls erwiesen sich die drei Neuankömmlinge eher als Bereicherung.

Vorwort

Und seien wir doch einmal ehrlich. Drei zusätzliche Plätze an einer Tafel für 120 Leute? Drei zusätzliche Gedecke? Das sollte doch wohl allemal möglich sein!

Und was erhalten wir für diese drei zusätzlichen Gedecke? Während dieses Buch entsteht, sind die Medien voll von Berichten über den Islam. Parallel dazu hat eine rechtspopulistische Partei einen enormen Zulauf. Obendrein hat sich eine Initiative gebildet, die in Großkundgebungen versucht, unsere Kultur vor einer Islamisierung zu retten. Man hat also den Eindruck, dass der Islam mehr und mehr unsere Kultur bestimmt. Dabei wird übersehen, dass die Religion lediglich einen – mehr oder weniger bedeutenden - Beitrag zur Bildung einer Kultur beiträgt. Das gilt sowohl für den Islam als auch für das Christentum, das Judentum, den Hinduismus, den Buddhismus, den japanischen Shintoismus. Daneben wird die Kultur aber auch bestimmt durch die Geschichten, Lieder und die Musik einer Gesellschaft. Und dann ist da noch das, was in einer Gesellschaft gegessen wird. Wobei dies sehr stark vom regionalen Nahrungsangebot abhängt. Womit wir wieder beim Kern der Geschichte wären.

Die Neuankömmlinge haben unsere Hochzeit mit ihren Liedern, ihrer Musik und ihren Tänzen bereichert. Und wenn Freundschaften entstanden sind, kann man sich gut vorstellen, dass sich diese neuen Freunde gegenseitig eingeladen und bewirtet haben. Das, was an diesem Tag geschehen ist, stellt sich für mich als eine willkommene Bereicherung unserer Kultur dar. Und natürlich wirkt dieser Mechanismus in beide Richtungen. Nichts Anderes beschreibt das keltische Gedicht von der Gastfreundschaft. Daher habe ich mich entschieden, diese Sammlung von Geschichten und Rezepten aus den Ursprungsländern der Flüchtlingsströme zusammenzustellen.

Vorwort

Für diese Sammlung habe ich Geschichten aus den Ländern Afrikas, aus Afghanistan, aus dem Iran (Persien), aus Syrien und dem Irak sowie vom Balkan ausgewählt. Außerdem habe ich zwei Märchen der Brüder Grimm und ein klassisches Zaubermärchen aus dem deutschsprachigen Raum aufgenommen. Besonders interessant sind dabei die orientalischen Geschichten. Denn sie zeichnen ein ganz anderes Frauenbild, als das, was man gemeinhin mit dem Islam in Verbindung bringt. Augenfällig ist, dass sehr viele Geschichten davon handeln, dass die kluge Frau den dummen Mann aus einer misslichen Lage rettet. Oder sie überlistet den dummen Mann mit weiblicher Raffinesse. Im Gegensatz zur vermeintlichen oder vielleicht auch tatsächlichen Frauenfeindlichkeit des Islams, zeichnen diese Geschichten ein Frauenbild voller Respekt und Ehrfurcht. Das gleiche Bild zeigt sich auch im grimmschen Märchen „Die kluge Bauerntochter", dass ich im deutschen Teil dieser Sammlung aufgenommen habe.

Der größte Teil der Geschichten stammt aus meinem eigenen Erzählrepertoire. Viele dieser Geschichten habe ich von anderen Erzählerinnen und Erzählern gehört. Einiges stammt auch aus verschiedenen Internetquellen oder aus meiner eigenen Bibliothek an Märchen- und Geschichtenbüchern. Ich habe Fabeln, Zaubermärchen, Schwankmärchen und kleine Weisheitsgeschichten in diese Sammlung aufgenommen, um die Vielfalt der Geschichten unserer neuen Mitbürger und Gäste aufzuzeigen. Diese Geschichten wollen befreit und weitererzählt werden, so wie es in vielen Herkunftsländern der Flüchtlinge und Migranten noch heute weit verbreitet ist.

Die Rezepte sollen einen ersten Eindruck der Geschmackserlebnisse der Gerichte aus den Ländern unserer neuen Mitbürger geben und zum weiteren Forschen anregen.

Vorwort

Sie stammen aus meiner eigenen Bibliothek an Kochbüchern sowie zu einem guten Teil aus verschiedenen Internetquellen wie zum Beispiel Chefkoch.de.

Dabei mag ein relativ hoher Anteil an Suppen und Eintöpfen auffallen. Ich erwähnte eingangs, dass die Speisen unserer Gäste sehr stark von den jeweiligen Lebensumständen abhängen. In den Heimatländern unserer Gäste gibt es für Frauen sehr wenig geeignete Arbeitsplätze. Eine institutionalisierte Kinderbetreuung ist so gut wie gar nicht vorhanden. Dadurch herrscht in diesen Ländern noch eine traditionelle Rollenverteilung, wie sie bei uns bis in die fünfziger Jahre mehr als üblich war. Die zusätzliche Zeit, die den Frauen dabei zur Verfügung steht, sowie die Vorliebe für gute und vielfältige Zutaten und schonende Garmethoden führen dann dazu, dass die Zubereitung beispielsweise eines persischen Gerichtes leicht einmal 3-4 Stunden, wenn nicht gar einen ganzen Tag in Anspruch nehmen. Eine Ausnahme bilden hierbei die Suppen und Eintöpfe. Die Auswahl ist so gewählt, dass man in der Regel mit einer bis anderthalb Stunden für die Zubereitung auskommt. Teilweise sind diese Gerichte sogar dazu geeignet, am Abend nach der Arbeit zubereitet zu werden. Die Zutaten für die hier vorgestellten Gerichte sind auf gut sortierten Wochenmärkten, in gut sortierten Supermärkten sowie im türkischen Lebensmittelhandel problemlos erhältlich.

Ich wünsche Ihnen jetzt viel Spaß beim Lesen, Bearbeiten und Nacherzählen der Geschichten und beim Nachkochen und Genießen der Gerichte aus dieser Sammlung.

Kay Lorenz, Januar 2017

Prolog

Ein Bauer erhält Besuch

Beginnen möchte ich diese Sammlung mit einer kleinen Geschichte, die möglicherweise vielen eigenartig bekannt vorkommen mag, obwohl sie von mir stammt und bisher nirgends veröffentlicht wurde. Diese Geschichte hat für mich einen allgemein gültigen Charakter und sollte für alle Menschen gelten, unabhängig von ihrer Herkunft und ihrer Kultur, denn sie spiegelt das wieder, was als Grundlage jeder Ethik und Moral gelten kann …

Ein Mann ging einmal eine Straße entlang. An seiner bunten Kleidung und dem kleinen, bunten Pferdekarren mit dem Pony davor konnte man erkennen, dass es ein Zigeuner war. Er ging eine ganze Weile, ohne dass ihm jemand begegnete. Schließlich aber kam ihm ein junger Mann entgegen. Der junge Mann lächelte ihn freundlich an und grüßte ihn. Und dann ging er seines Weges. Die Begegnung mit dem jungen Mann erfreute unseren Wanderer. Kam es doch nicht häufig vor, dass er so freundlich begrüßt wurde. Meistens störten sich die Leute an seinem etwas merkwürdigen, bunten Aussehen. Sie tuschelten: „Da ist wieder einer von diesem Zigeunerpack." „Schließt lieber euer Hab und Gut weg, Diebesbande." Und also freute es den Wanderer, dem freundlichen, jungen Mann begegnet zu sein und er ging fröhlich ein Stück weiter des Weges.

Er war noch nicht lange gegangen, hinter einer Wegbiegung, da kam er zu einem winzigen Stück Land mit einer kleinen Hütte darauf. Und was sah er dort auf der Straße? Einen anderen Mann, der versuchte einen Toten fortzuschleppen! Da ging unser Wanderer zu dem Fremden und sprach: „Du sollst doch nicht töten."

Prolog

Der Mann aber entgegnete: „Nicht ich habe diesen hier getötet. Ist dir nicht gerade eben ein junger Mann entgegengekommen? Er war es, der diesen Mann getötet hat, nicht ich." „Ja, er kam mir entgegen. Aber er war so freundlich, dass er diesen hier mit Sicherheit nicht getötet hat. Es kann nichts Gutes daraus entstehen, wenn du deinen Nächsten verleugnest." Der Bauer schluckte verlegen: „Ja schon, ich habe diesen Mann getötet. Aber er war so anders. Er sah so anders aus – genau wie du! Und ich konnte nicht in seinem Gesicht lesen. Bestimmt hat er Schlimmes im Schilde geführt. Ich hasse diese fremden Menschen." Der Zigeuner entgegnete: „Es gibt keinen Grund, die Anderen zu fürchten. Sieh mich an, mich mögen die Leute auch nicht, obgleich ich keiner Fliege jemals etwas zu Leide getan habe und friedlich meiner Wege ziehe. Und ich hasse niemanden. Aus deiner Angst wird Wut, aus deiner Wut wird Hass. Und Hass vergiftet dein Leben und führt dich geradewegs ins Dunkel." „Aber was, wenn einer wirklich Schlimmes getan hat? So Schlimmes, dass er wirklich den Tod verdient?" „Du hast ganz Recht, es mag einige wenige geben, die für das, was sie getan haben, den Tod verdienen. Aber so viele, die tot sind, verdienen für ihre Taten das Leben. Kannst du es ihnen wiedergeben? Also sei vorsichtig mit deinen Todesurteilen. Aber ich will dir verzeihen, denn du wusstest es nicht besser. Ich werde jetzt weiter wandern. Aber sei gewiss, ich werde wiederkommen und dich besuchen." Dann setzte der Zigeuner seine Wanderung fort.

Es vergingen zwei Jahre, da kam er wieder in diese Gegend. Und er kam bei dem Bauern vorbei, mit dem er schon vor Jahr und Tag gesprochen hatte. Und was musste er sehen? Er sah, wie der Bauer auf das Grundstück seines Nachbarn schlich und einen wunderschönen Truthahn stahl! Da sprach er: „Was soll das denn? Du sollst doch nicht stehlen."

Prolog

Der Bauer erwiderte: „Ja, aber mein Nachbar hat die schönsten Hühner und die schönsten Kühe. Er hat das schönste Land und sehr viel Gold. Und obendrein hat er eine wunderschöne Frau. Und ich? Ich habe keine Frau. Ich habe nur dieses kleine Stück Land und nur eine kleine schäbige Hütte." Der Zigeuner erklärte: „Du sollst doch nicht begehren deines Nachbarn Weib und Vieh und sonstiges Hab und Gut. Sei doch zufrieden, mit dem was du hast. Dir geht es doch gut. Warum willst du immer mehr?" Der Bauer konnte nicht antworten. Da sprach unser Zigeuner: „Bedenke wohl, was ich dir gerade gesagt habe. Ich werde jetzt weiter wandern. Aber sei gewiss, ich werde wieder vorbeikommen und sehen, wie es dir geht." Und mit diesen Worten setzte er seine Wanderung fort. Nicht ohne vorher noch zu bemerken: „Nicht nur der Hass vergiftet dein Leben, sondern auch der Neid."

Jetzt vergingen Jahre – ich weiß nicht wie viele - bis unser Wanderer wieder in diese Gegend kam. Er hatte sich sehr verändert. Er trug jetzt ein langes, weißes Gewand und einen langen, weißen Bart. Auch sein Haar weiß geworden und sein Gesicht faltig. Sein weißes Haar hing ihm lang und etwas wirr vom Kopf auf die Schultern. Beim Gehen stützte er sich auf einen langen, schön geschnitzten Stab. Er schaute bei seinem Freund vorbei und sah, dass dieser und all seine Sklaven am Arbeiten waren. Aber es fiel ihm auf, dass die Leute alle wie sie da waren sehr müde aussahen. Ja die Leute sahen regelrecht ausgemergelt aus. Dafür stand auf dem Grundstück jetzt ein wunderschönes Haus. Da ging unser Wanderer zu dem Bauern und sprach: „Ich sehe, du hast nicht getötet und nicht gestohlen. Du hast fleißig gearbeitet. Aber sage mir, warum seht ihr alle so müde und ausgemergelten aus?" Der Bauer erzählte: „Ich habe wohl bedacht, was du mir beim letzten Mal gesagt hast. Und mir ist klargeworden, dass mein Nachbar seinen Wohlstand durch rechtschaffene Arbeit erworben hat.

Prolog

Und da habe ich mir gedacht, ich will auch so reich werden, in dem ich viel arbeite. Und seit du das letzte Mal hier warst – noch jung und stark - habe ich gearbeitet. Und so habe ich Wohlstand und Sklaven erlangt. Und auch meine Sklaven müssen arbeiten." Der Wanderer fragte: „Müssen alle bei dir arbeiten? Du, deine Sklaven und wer sonst auch immer?" Da sprach der Bauer: „Ja, damit wir zu Wohlstand kommen, müssen alle arbeiten. Meine Sklaven, ich, ja selbst meine Eltern." Der weißhaarige Wanderer sprach: „Zunächst einmal sollst Vater und Mutter ehren, denn sie gaben dir das Leben und zogen dich auf. Sie sollten nicht für dich arbeiten müssen. Und dann ist es wunderbar und recht, wenn du arbeitest. Sechs Tage die Woche. Aber es tut dir nicht gut - bei allem Wohlstand den du erlangst - wenn du nur arbeitest. Auch du brauchst Erholung genau wie deine Sklaven. Seht euch doch nur an. Und darum sollt ihr nach getaner Arbeit am siebten Tage ruhen. Sei nicht zu gierig, denn mit der Gier ist es wie mit dem Neid und dem Hass. Sie führt dich ins Dunkel."

Da fragte ihn der Bauer: „Sage mir einmal, wer du eigentlich bist!" Der Wanderer entgegnete: „Denken wir einfach, ich wäre ein Freund, dem es daran gelegen ist, dass es dir gut geht." Das aber konnte den Bauern nicht zufriedenstellen. Und so sprach er: „Ich darf diejenigen, die mir vielleicht gefährlich werden könnte, nicht hassen und töten. Ich darf mir nicht das nehmen, was ich mir wünsche. Ich darf nicht neidisch sein auf das schöne Haus, das schöne Land, das Hab und Gut und das Weib meines Nachbarn. Ich darf arbeiten, aber nicht so viel ich will. Und ich darf noch nicht einmal andere für mich arbeiten lassen. Gott sei's verflucht, wer bist du, Fremder?" Der weißhaarige Wanderer sprach: „Alles, was du mir bisher erzählt hast, zeugt von einer unheiligen Verblendung. Hüte dich vor der Verblendung und nimm die Dinge, wie sie sind. Denn auch die Verblendung führt ins Dunkel."

Prolog

Dann fuhr er fort: „Du magst mich nennen, wie du willst. Du kannst mich gerne Gott nennen, solange du nicht in diesem Namen fluchst. Und lass dir gesagt sein, alles was du brauchst, damit es dir in Zukunft gut geht, ist, dass du meine Ratschläge wohl befolgst. Mehr wirst du nicht brauchen. Und ich verspreche dir, wenn du in Not gerätst, dann bin ich da. Ich werde dir helfen."

Und dann? Der Bauer sah für einen Augenblick stirnrunzelnd zum Himmel und als er seinen Blick wieder senkte, war der fremde Wanderer verschwunden. Von diesem Tage an lebte der Bauer glücklich und zufrieden bis zu seinem Ende - oder vielleicht lebt er sogar noch heute …

(Kay Lorenz, 2016)

***

Afrika – Die Geschichten

Der Blinde Mann und der Jäger (Ostafrika)

Diese Geschichte habe ich vor einiger Zeit von einer sehr geschätzten Kollegin aus Kempten gehört. Sie kann (am Ende) als gelungenes Beispiel für Inklusion dienen. Das Konzept „Was können wir von ihnen lernen" wird hier sehr schön deutlich ....

Es war vor langer Zeit, da lebte ein blinder Mann mit seiner Schwester in einer Hütte am Rande des Waldes. Der blinde Mann war sehr klug. Obgleich er mit den Augen nicht sehen konnte, schien er mehr über die Welt zu wissen, als manch anderer, dessen Blick scharf wie der eines Adlers war. Er redete mit den Menschen, die an der Hütte vorüber kamen. Wenn Sie in Schwierigkeiten waren, so fragten sie ihn und er wusste immer einen weisen Rat. Wenn sie ihn fragten, dann gab er immer die richtige Antwort. Die Menschen schüttelten den Kopf vor Erstaunen. Sie fragten ihn: „Blinder Mann, wie kann es sein, dass du so weise bist?" Dann lächelte der blinde Mann und sprach: „Das ist so, weil ich mit den Ohren sehe."

Eines Tages geschah, was geschehen musste. Die Schwester des blinden Mannes, eine wunderschöne, junge Frau, verliebte sich. Sie verliebte sich in einen jungen prächtigen Jäger aus dem Nachbardorf. Bald schon wurde Hochzeit gehalten. Und als das Fest vorüber war, zog der Jäger zu der Frau in die kleine Hütte am Rande des Waldes, um mit seiner neuen Frau zusammenzuleben. Aber er hatte keine Zeit für den Bruder der Frau. Er hatte keine Zeit für den blinden Mann. „Zu was ist ein Mann gut, der nicht sehen kann?" pflegte er zu fragen. Die Schwester des Blinden aber sprach: „Mein Mann, er weiß mehr über die Welt, als mancher, der sehen kann." Da lachte der Jäger: „Was kann ein blinder Mann wissen, der nicht sehen kann?"

Afrika – Die Geschichten

Jeden Morgen nahm der Jäger seine Pfeile und seinen Bogen, seinen Speer und seine Fallen und er ging in den Wald auf die Jagd. Jeden Abend, wenn er in das Dorf zurückkam, fragte der blinde Mann: „Kann ich morgen mit dir auf die Jagd gehen?" Der Jäger aber antwortete immer wieder: „Zu was kann ein Mann auf der Jagd nutze sein, der nicht sehen kann?" Es vergingen Tage, Wochen, ja Monate. Jeden Abend fragte der blinde Mann den Jäger: „Kann ich morgen mit dir auf die Jagd gehen?" Aber der Jäger schüttelte jedes Mal den Kopf und sprach: „Zu was kann ein blinder Mann auf der Jagd nutze sein?"

Eines Tages kam der Jäger gut gelaunt aus dem Wald zurück. Er hatte eine schöne Beute gemacht, eine große Gazelle. Seine Frau bereitete das Essen und kochte das Fleisch und als die drei zusammen saßen, siehe da, sprach der Jäger: „Gut, wenn du willst, kannst du morgen mit mir auf die Jagd gehen." Am nächsten Morgen nahm der Jäger seine Pfeile und seinen Bogen, seinen Speer und seine Fallen und er führte den blinden Mann an der Hand hinaus in den Wald. Sie wanderten Stunde um Stunde. Plötzlich blieb der blinde Mann stehen: „Sch ... da ist ein Löwe." Der Jäger sah sich um, doch er konnte nichts entdecken. "Da ist ein Löwe, aber es ist gut, er wird uns nichts tun. Er hat gefressen und hat sich zum Schlafen gelegt." Sie wanderten weiter, und siehe da, ein großer Löwe hatte sich unter einem Baum zum Schlafen gelegt. Vorsichtig gingen sie an dem Löwen vorbei und als sie ein kleines Stück weit gegangen waren, fragte der Jäger: „Woher wusstest du von dem Löwen?" Der blinde Mann antwortete: „Weil ich mit den Ohren sehe."

Sie gingen weiter und plötzlich blieb der blinde Mann wieder stehen: „Sch ... Da ist ein Elefant." Der Jäger sah sich um, doch er konnte nichts sehen.

Afrika – Die Geschichten

„Da ist ein Elefant, aber es ist in Ordnung. Er wird uns nichts tun. Er sitzt in einem Wasserloch und badet." Als sie ein Stück weiter des Weges gegangen waren, entdeckte der Jäger einen Elefanten, der in einem Wasserloch saß und sich mit dem Rücken im Schlamm suhlt. Vorsichtig gingen sie vorbei und als sie ein Stück des Weges gegangen waren, fragte der Jäger: „Woher wusstest du von dem Elefanten?" „Weil ich mit den Ohren sehe." Als sie noch ein Stück gewandert waren, kamen sie zu einer Lichtung. Der Jäger sprach: "Hier werden wir unsere Fallen aufstellen." Und dann stellte er seine Fallen auf und zeigte dem blinden Mann, wie er es tun sollte. Und dann sprach er: "Morgen werden wir hierher zurückkommen und sehen, was wir gefangen haben." Dann gingen sie zurück in ihr Dorf.

Am nächsten Morgen machten sie sich wieder auf in den Wald. Der Jäger bot dem blinden Mann seinen Arm. Aber der blinde Mann sprach: „Nein, ich kenne den Weg jetzt." Sie gingen durch den Wald und der blinde Mann stieß sich an keiner Baumwurzel noch verpasste er einen einzigen Abzweig. Sie gingen und gingen, bis sie zu der Lichtung kamen, auf der sie ihre Fallen aufgestellt hatten. Der Jäger kontrollierte die Fallen und siehe da, in jeder war ein Vogel. Der Jäger sah sogleich, dass er einen kleinen und grauen Vogel gefangen hatte. Der Vogel in der Falle des Blinden Mannes aber war sehr schön, mit grünen, karmesinroten und goldenen Federn. Der Jäger sprach: „Wir haben beide einen Vogel gefangen." Und dann ging er zu den Fallen, um die Vögel zu holen. Und während er ging, da dachte er bei sich: "Ein blinder Mann, der nicht sehen kann, wird niemals den Unterschied bemerken." Was tat er? Er gab dem blinden Mann den kleinen grauen Vogel. Den schönen mit den karmesinroten, grünen und goldenen Federn aber behielt er für sich. Dann machten sie sich auf den Heimweg.

Afrika – Die Geschichten

Sie gingen und gingen und dann fragte der Jäger den blinden Mann: "Blinder Mann, wenn du so weise bist und mit den Ohren siehst, dann beantworte mir meine Frage! Warum gibt es so viel Ärger, Hass und Krieg auf der Welt?" Da erwiderte der blinde Mann: „Weil viele Menschen so handeln wie du und sich nehmen, was ihnen nicht gehört." Der Jäger vernahm es und schämte sich. Dann nahm er den kleinen grauen Vogel aus der Hand des Blinden Mannes und legte den schönen mit den karmesinroten, grünen und goldenen Federn hinein. „Verzeih mir!" sprach er. Und sie gingen und gingen und der Jäger fragte schließlich: „Wenn du so weise bist und mit den Ohren sehen kannst, dann gib mir Antwort auf meine Frage! Warum gibt es so viel Freundlichkeit, Güte und Liebe auf der Welt?" „Weil es so viele Menschen gibt, die so handeln wie du und die aus ihren Fehlern lernen." Und dann kehrten sie heim in ihr Dorf.

Von nun an gingen sie jeden Tag gemeinsam in den Wald auf die Jagd. Sie waren so eng miteinander, dass kein Blatt dazwischen passte. Und wenn von nun an jemand fragte: „Wie kommt es, dass du so weise bist?", dann legte der Jäger seinen Arm um den blinden Mann und sprach: "Das ist so, weil er mit den Ohren sieht ... und mit dem Herzen hört."

(Annika Hoffmann, Kempten)

Afrika – Die Geschichten

Die Kuhschwanzgerte (Liberia)

Dieses Märchen aus Liberia habe ich im Herbst 2012 von Dr. Christel Lukoff, Psychologin aus Petaluma, Kalifornien, gehört. Dr. Lukoff arbeitet als Psychologin in einem Hospiz in der San Franzisco Bay Area und gibt weltweit Workshops zu den Themen Sterben und Trauer.

In dieser Geschichte geht es um ein typisches Problem, dass es auch in unserer Gesellschaft schwermacht, richtig um einen geliebten Menschen zu trauern – der allzu schnelle Übergang zu unseren Alltagsgeschäften …

Am Rande des Regenwaldes auf einem Hügel über einem Fluss lag das kleine Dorf Kundi. Um das Dorf gab es Reis- und Maniokfelder. Kühe grasten im Grasland. Und von dem Hügel konnte man den Rauch der Feuer in den Hütten, die mit Palmenwedeln gedeckt waren, sehen. In dem Fluss planschten die Kinder in der Nähe der Männer, die mit großen Netzen fischten. Und man konnte die Frauen sehen, die Getreide droschen. In dem Dorf lebte ein Mann namens Ogalusa, der war weit bekannt als großer Jäger. Er lebte dort mit seiner Frau und seinen Söhnen.

Eines Tages nahm Ogalusa seine Waffen von der Wand, um jagen zu gehen. Seine Söhne begleiteten ihn an das Ufer des Flusses. Er setzte über und ging in den Regenwald. Der Tag verging. Seine Frau und die Söhne führten das Vieh auf die Weide und kümmerten sich um die Getreidefelder. Als der Abend kam, war Ogalusa noch immer nicht zurück. Da setzten sich seine Frau und seine Söhne an den Tisch und aßen ihr Abendessen, das aus Fisch und Maniok bestand. Auch der nächste Tag verging und die Tage, die folgten,

Afrika – Die Geschichten

sollten ebenfalls vergehen. Woche um Woche verging, ohne dass Ogalusa zurückkehrte. Schließlich begannen seine Frau und seine Söhne damit, ihrem normalen Tagesgeschäft nachzugehen. Und nach vielen, vielen Wochen beschlossen die Söhne, selber auf die Jagd zu gehen. Schließlich waren alle so mit ihrem Alltag beschäftigt, dass niemand mehr über das Verschwinden von Ogalusa sprach.

Nach vielen Monaten gebar Ogalusas Frau einen weiteren Jungen. Sie nannten ihn Puli. Der Kleine wuchs heran, er begann zu sitzen und dann zu krabbeln und als er alt genug war, um zu sprechen, waren seine allerersten Worte: „Wo ist mein Vater?" Seine Brüder sahen sich an. Und dann erklärten sie ihm, dass der Vater vor langer Zeit auf der Jagd verschollen ist. „Aber wo ist mein Vater?" fragte der Kleine. Seine Brüder zeigten über den Fluss, dahin wo Ogalusa im Regenwald verschwunden war. Und dann sprachen sie: „Er hätte schon vor so langer Zeit zurückkommen sollen." Und dann: „Wir hätten nach ihm suchen sollen. Ja, wir sollten wissen, was mit ihm geschehen ist." Und ein anderer: „Ja, lasst uns nach ihm suchen." Und so beschlossen sie, nach ihrem verschollenen Vater zu suchen. Sie nahmen ein wenig zu essen und ihre Waffen. Sie setzten über den Fluss und gingen geradewegs in den Regenwald.

Und zwischen all den Bäumen, Lianen und Büschen des Waldes verliefen sie sich. Einer der Söhne jedoch fand den Weg zurück auf den Pfad. Aber immer wieder verliefen sie sich. Doch immer wieder fand einer der Söhne den Weg zurück auf den Pfad. Schließlich, mitten im Dickicht des Regenwaldes, fanden sie eine Lichtung. Und auf dieser Lichtung lagen die Knochen von Ogalusa verteilt zwischen seinen verrosteten Waffen.

Afrika – Die Geschichten

Ogalusa wurde auf der Jagd getötet! Einer seiner Söhne trat vor und sprach: „Ich habe ein großes Wissen. Ich weiß, wie man die Knochen eines Toten wieder zusammenbringt." Er trat zu den verteilten Knochen seines Vaters und begann vorsichtig, sie zu ordnen. Und schließlich war jeder Knochen wieder an seinem rechten Platz. Da sprach ein anderer: „Auch ich habe ein besonderes Wissen. Ich weiß, wie man wieder Fleisch an ein Skelett bekommt." Dann begann er zu arbeiten und es dauerte nicht lange, da waren die Knochen wieder mit festem Fleisch bedeckt. Da sprach wieder ein anderer: „Und ich weiß, wie man einem toten Körper neues Blut gibt." Und auch er begann zu arbeiten und es dauerte nicht lange, da wurde Ogalusa kalter Körper wieder warm. Jetzt lag vor ihnen ein warmer Körper, dessen Brustkorb sich hob und senkte. Jetzt sprach wieder ein anderer: „Ich kann ihn wieder beweglich machen." Und kaum war er fertig, öffnete Ogalusa die Augen und stand auf. Jetzt sprach der letzte: „Und ich habe die Macht, ihm die Rede wiederzugeben." Und kaum, dass er fertig war, öffnete Ogalusa den Mund und sprach: „Wo sind meine Waffen?"

Seine Söhne sammelten seine verrosteten Waffen ein und überreichten sie ihm. Sofort drehte er um und machte sich auf den Heimweg durch den Regenwald. Sie überquerten den Fluss und durchquerten die Reisfelder. Zu Hause bereitete seine Frau ihm ein Bad und er badete. Dann bereitete sie ihm ein Mahl und er aß und dann blieb er für vier Tage in der Hütte und sprach mit niemandem. Am fünften Tag aber schor er sich seinen Kopf. Er trat vor die Tür und verkündete: „Es wird ein großes Fest geben, um eine Rückkehr aus dem Reich der Toten zu feiern!" Dann schlachtete er eine Kuh. Das Fleisch verteilte er im Dorf, aus den Häuten machte er Trommeln und aus dem Schwanz machte er sich eine wunderschöne Gerte. Er verschönerte sie mit Kaurimuscheln und besonderen Perlen.

Afrika – Die Geschichten

Fortan nahm er seine Gerte mit zu jeder Zusammenkunft und zu jedem wichtigen Treffen. Und ein jeder bewunderte Ogalusa für diese wunderbare Kuhschwanzgerte.

Dann kam der Tag des großen Festes. Des Festes, an dem seine Rückkehr aus dem Land der Toten gefeiert werden sollte. Die wunderbarsten Speisen wurden aufgetragen. Die Musikanten spielten ihre Lieder. Es gab mehr als genug Palmenwein für jeden. Und jeder bewunderte Ogalusas Kuhschwanzgerte. Einige der Männer wollten sie ihm wegnehmen. Die Frauen wollten sie mit ihren Händen berühren. Und selbst die Kinder bettelten nun um die Kuhschwanzgerte. Aber Ogalusa ließ niemanden die Gerte berühren. Dann hörte die Musik auf und die Leute hörten auf zu tanzen, um zu hören, was Ogalusa zu sagen hatte. „Vor langer Zeit bin ich auf die Jagd gegangen. Und während der Jagd wurde ich von einem Leoparden getötet. Aber dann kamen meine Söhne, um mich zu retten. Sie alle haben wichtige Taten vollbracht, um mich aus dem Land der Toten zurück in mein Dorf zu bringen. Aber ich habe nur diese eine Kuhschwanzgerte. Und ich werde sie demjenigen meiner Söhne geben, der das meiste getan hat, um mich aus dem Land der Toten zurückzubringen.“

Sofort begann ein Streit: „Ich habe das Wichtigste getan, um unseren Vater zurückzubringen. Als wir uns alle verlaufen hatten, habe ich den Weg zurück gefunden.“ „Nein, Nein, ich habe das Wichtigste getan. Ohne mich wären die Knochen nie wieder zusammengekommen.“ „Vergiss es“, sprach der nächste Sohn, „ohne mich würde nicht ein einziger Tropfen Blut durch den Körper unseres Vaters fließen!“ Und so stritten sie sich die ganze Nacht und zwischendurch meldeten sich auch andere Bewohner des Dorfes zu Wort: „Ohne denjenigen Sohn, der ihm die Bewegung zurückgebracht hatte, wäre Ogalusa nie wieder aus dem Land der Toten in unser Dorf zurückgekehrt.“

Afrika – Die Geschichten

Ein anderer sprach: „Nein, derjenige, der die Knochen im Wald gefunden hat, hat die wichtigste Tat vollbracht. Er verdient die Kuhschwanzgerte." Und wieder ein anderer: „Sie alle haben wichtige Taten vollbracht. Also sollen sie sich die Gerte doch einfach teilen." Dann trat Ogalusa vor und befahl allen zu schweigen. Und er sprach: "Dieser meiner Söhne verdient die Kuhschwanzgerte." Er trat vor und überreichte seine Kuhschwanzgerte dem kleinen Puli. Und dann erinnerten sich die Leute im Dorf: „Ja, der kleine Puli war derjenige, der gefragt hatte: 'Wo ist mein Vater.'" Und alle wussten, dass der kleine Puli die Gerte verdiente, denn es gibt unter den Tchabo, ein Sprichwort, das besagt, dass ein Mann so lange nicht wirklich tot ist, wie er nicht vergessen ist.

(Dr. Christel Lukoff, Petaluma, Kalifornien)

Kwaku Anansi und die Weisheit (Ghana)

Claudia Duval (Hannover) hat dieses kleine Märchen auf einer Erzählsupervision erzählt. Die Geschichten über den Spinnenmann Kwaku Anansi sind in Ghana weit verbreitet. Anansi ist ein Schelm, ein Eulenspiegel, ein Trickster …

Kwaku Anansi, der Spinnenmann, ärgerte sich. Denn er glaubte, er wäre dumm und nur die Menschen besäßen die Weisheit. Er ärgerte sich jeden Tag. Eines Tages jedoch beschloss er: „Ich will hinaus ziehen in die Welt und die Weisheit sammeln." So nahm er einen irdenen Krug und zog los. Er wanderte hierhin, er wanderte dorthin. Wann immer er eine Weisheit oder eine Geschichte der Weisheit oder einen kleinen Strahlen der Weisheit oder ein kluges Wort erhaschen konnte, packte er sie in seinen Krug. So wanderte er viele, viele Tage. Schließlich glaubte er, sein Krug wäre angefüllt mit all der Weisheit der Welt. Und er begann zu singen: „Anansi ist weiser als die Götter. Anansi ist weiser als die Götter ..."

Schließlich kam er nach langer Wanderschaft in sein Dorf zurück. Er dachte sich, ich will meinen Krug ein paar Tage im Busch verstecken. Dann will ich mir ein sicheres Versteck suchen. Die Menschen im Dorf dürfen nichts von diesem Schatz erfahren, denn sonst nehmen sie mir die Weisheit weg. Gesagt, getan. Anansi versteckte seien Krug im Busch und wartete einige Tage ab. Während dieser Tage kam ihm eine Idee. Im Wald gab es einen hohen Kazaurabaum. Und Anansi dachte sich: „Ich will meinen Krug dort oben auf dem Baum verstecken. Dort kommt niemand hin." Dann ging Anansi zum Versteck des Kruges, holte ihn hervor und wanderte zu dem Baum. Mit dem Krug, den er sich vor den Bauch band, versuchte er, auf den Baum zu klettern. Doch obwohl er doch als Spinnenmann über acht Beine verfügte, war es unendlich schwer. Und er war schon so oft abgerutscht und hinabgefallen. Die Haut hing schon in Fetzen von seinem Körper. Doch trotz all seiner Schmerzen versucht er es immer wieder. Mal schaffte er es bis zur Hälfte des Baumes. Mal schaffte er es fast bis nach oben. Dann wieder rutschte er gleich ganz unten wieder ab. Und jedes Mal schlug er auf den Rücken!

So hatte sich Anansi nun schon drei Tage lang abgemüht, den Kazaurabaum zu erklimmen, um den Krug mit der Weisheit dort oben aufzuhängen. Da kam sein Sohn - vielleicht 3 - 4 Jahre alt - vorbei: „Anansi, was tust du da?" Anansi erwiderte: „Das kann ich dir nicht sagen, das ist ein Geheimnis. Nur so viel, ich will meinen Krug oben auf den Baum bringen." Sein Sohn fragte: „Was ist denn in deinem Krug?" „Wenn ich dir das sage, dann werden wir beide sterben."

Afrika – Die Geschichten

Da sprach das Kind: „Dann will ich nicht wissen, was in deinem Krug ist. Aber sage mir, warum bindest du dir den Krug nicht auf dem Rücken? Dann könntest du deine acht Beine frei benutzen und es wäre viel einfacher. Du würdest bestimmt auf den Baum kommen." Und dann trollte sich das Kind.

Jetzt wurde Anansi aber wütend! „All die Weisheit der Welt, was ist sie schon wert, wenn selbst mein kleiner Sohn mehr weiß als ich?" Mit diesen Worten schleuderte er seinen Krug vom Baum auf den Boden. Der Krug zersprang in tausend Stücke und die Weisheit der Welt breitete sich unter den Menschen aus.

(Claudia Duval, Hannover)

Der Dorfheld (Äthiopien / Eritrea)

Ein kleines Schwankmärchen aus Äthiopien / Eritrea, das uns zeigt, dass so mancher Held gar keiner ist. Hier ist das Heldentum des „Dorfheldes" lediglich ein (bekannter) Irrtum eines ganzen Dorfes ...

Es waren einmal zwölf Bauern, die wanderten in die Stadt, um ihr Getreide mahlen zu lassen. Als das Getreide gemahlen war, nahmen sie jeder einen Mehlsack auf den Rücken und machten sich auf den Heimweg. Auf einem unübersichtlichen Pfad, der viele Bogen machte, kamen sie an einem Kaktuswäldchen vorbei. Da fiel einem der Bauern plötzlich ein, seine Weggenossen zu zählen, um sich zu überzeugen, ob sie auch keinen unterwegs verloren hätten.

Afrika – Die Geschichten

Die anderen mussten sich also aufstellen und er zählte sie. Aber er vergaß sich selbst dazuzuzählen, so dass er nur bis elf kam. „Halt!", rief er aus. „Einer fehlt!" „Aber wieso denn? Warum sollte einer fehlen?", zweifelte ein anderer. „Zähl doch selbst", sprach der Erste. Nun zählte der andere Bauer seine Weggenossen und auch er vergaß, sich selbst dazuzuzählen. „Ja, du hast Recht, wir sind tatsächlich nur elf; einer fehlt", stellte er fest. Dann zählte ein Dritter und kam ebenfalls nur bis elf. „Oh weh!", jammerte er, „einer von uns ist vom Pfad abgeirrt und einem Leoparden zum Opfer gefallen!" Und alle zwölf beweinten ihren Weggenossen, den das Raubtier zerrissen hatte. Danach setzten sie ihren Weg fort und schalten sich die ganze Zeit über, dass sie nicht besser auf den zwölften Acht gegeben hatten. „Wie konnten wir ihn nur aus den Augen verlieren!", jammerte der eine. „Wir sind schuld, dass er zurückblieb und dem Leoparden zum Opfer fiel!", sprach ein anderer. „Und noch dazu solch einem Riesenleoparden!", fügte ein Dritter hinzu. „Und wie fürchterlich wild dieser Leopard war!", rief ein Vierter aus. „Und wie tapfer er mit ihm gekämpft hat, noch dazu mit der bloßen Hand, ohne jede Waffe!", ergänzte ein anderer. „Ein wahrer Held!" „Der Tapferste weit und breit", rief wieder ein anderer aus. „Und er hat nicht einmal geschrien vor Schreck!" „Was wird nur seine arme Frau sagen, wenn sie erfährt, dass ihr Mann von einem ganzen Rudel Leoparden zerrissen wurde!" „Eine unglückliche Familie, die ohnehin schon genug Sorgen hat!" „Er war nicht nur tapfer, sondern auch gutherzig und rechtschaffen", lobte ein anderer. So beweinten sie ihren Weggenossen bis nach Hause und kamen mit lautem Wehklagen in ihrem Dorf an.

Die Leute kamen ihnen entgegengelaufen und hörten sie jammern. „Oh weh! Auf dem Heimweg ist etwas Furchtbares geschehen! Ein schreckliches Unglück!"

Afrika – Die Geschichten

Und die zwölf erzählten, wie ihnen ihr Weggenosse verloren ging, wie er mit dem Leoparden kämpfte und wie er dann eines ruhmreichen Todes starb. Das ganze Dorf trauerte um seinen tapferen Sohn. Unterdes spielte ein kleines Mädchen zwischen den Mehlsäcken, die die heimgekehrten Bauern auf der Straße abgestellt hatten. Die Kleine begann aus Langeweile die Säcke zu zählen - und siehe da, es waren zwölf. Sie lief zu ihrer Mutter und sprach: „Da draußen stehen zwölf Säcke." „Schweig", antwortete die Mutter böse. „Ein braver, tapferer Mann ist umgekommen!" Und die Frau weinte mit den anderen. „Mutter", sagte das Mädchen nach einer Weile wieder, „wenn zwölf Mehlsäcke da sind, dann müssen auch zwölf Männer gekommen sein." Daraufhin lief die Mutter hinaus und zählte die Säcke ebenfalls. „Wirklich! Hier stehen zwölf Säcke. Du hast Recht. Dann müssen auch zwölf Männer nach Hause gekommen sein!", rief sie aus. Daraufhin zählte der Dorfrichter die Männer. „Aber ihr seid doch zwölf!", sprach er schließlich. „Der, den ihr verloren habt, muss mittlerweile auch angekommen sein!"

Da waren die Bauern außer sich vor Freude. „Sieh mal einer an! Da hat er sich ganz allein, ohne jede Hilfe von dem Leoparden befreit und ist nach Hause gekommen!", jauchzte der eine. „Ein wirklicher Held! Er hat den Leoparden mit der bloßen Hand besiegt!", sprach ein anderer. „Es ist eine große Ehre für unser Dorf, dass wir einen solchen Helden haben!" In ihrer Freude veranstalteten sie ein großes Fest, sie sangen und tanzten, aßen und tranken, bis sie nicht mehr konnten. Und die Alten erzählen ihren Enkelkindern noch heute von dem tapferen Bauern, dem berühmten Helden, der seinem Dorf durch Kraft und Mut so großen Ruhm verlieh.

Afrika – Die Geschichten

Wie der Schakal zu seinem Recht kam (Äthiopien / Eritrea)

Ebenfalls aus der Region Äthiopien / Eritrea: In dieser Fabel sollen die Tiere einen Rechtsstreit zwischen einem Schakal und einem Leoparden klären. Leider haben alle Tiere so große Angst vor dem Leoparden, dass sie sich nicht trauen, ein rechtes Urteil zu sprechen. Bis ein kluger Pavian einen Weg findet, dem Schakal zu seinem Recht zu verhelfen. Das Motiv dieses Urteilsspruchs ist weit verbreitet und findet sich u.a. im grimmschen Märchen von der klugen Bauerntochter, das auch in dieser Sammlung zu finden ist …

Einmal gingen der Leopard und der Schakal zusammen auf die Jagd. Am Dorfrand fing sich der Leopard eine Ziege und der Schakal eine Kuh. Dann trieben sie ihr Vieh heim auf die Weide. Nun war es aber dem Leoparden gar nicht recht, dass der Schakal einen so guten Fang gemacht und er selbst nur eine Ziege bekommen hatte.

Und bald wurde er erst recht neidisch! Als er nachts hinausging, um nach dem Vieh zu sehen, bemerkte er, dass die Kuh gekalbt hatte. Das war zu viel! Er riss der Kuh das Kälbchen weg und band es neben seiner Ziege an. Am Morgen ging er zum Schakal und teilte ihm die Neuigkeit mit: „Hör nur, welch ein Glück mir widerfahren ist! Als ich heute Morgen auf die Wiese gehe, sehe ich, dass meine Ziege ein Kalb geworfen hat!" „Das ist unmöglich!", schüttelte der Schakal den Kopf. „Eine Ziege kann nur ein Zicklein und kein Kalb werfen." Da führte der Leopard den Schakal auf die Wiese und zeigte ihm das Kalb, das neben der Ziege angebunden war. „Nun siehst du, dass ich die Wahrheit gesprochen habe!"

Afrika – Die Geschichten

„Nur eine Kuh kann ein Kalb bekommen", widersprach der Schakal, „also gehört das Kalb mir." „Du weißt genau, dass es mir gehört, warum bist du also so störrisch?", ereiferte sich der Leopard. „Siehst du nicht, dass es neben meiner Ziege steht?" „Das sehe ich", erwiderte der Schakal, „aber auch wenn ein Elefant neben deiner Ziege stünde — das Kalb gehört zu meiner Kuh!" Sie stritten sich so lange, bis der Leopard sagte: „Gut, dann wollen wir andere richten lassen! Und du wirst sehen, dass jeder mir Recht gibt!" Dann machten sich die beiden auf, um einen Richter zu suchen.

Zuerst lief ihnen die Gazelle über den Weg. Der Leopard und der Schakal erzählten ihr lang und breit, worum es ging. Die Gazelle wurde nicht recht klug aus der Geschichte, sie wusste nur, dass sie vor dem Leoparden fürchterliche Angst hatte. „Du musst doch zugeben", beendete der Schakal seine Worte, „dass das Kalb nur mir gehören kann!" Die Gazelle warf einen flüchtigen Blick auf den Leoparden und sie bekam eine Heidenangst. Also sprach sie: „Früher, in meiner Jugend, konnte tatsächlich nur eine Kuh ein Kalb auf die Welt bringen. Aber die Zeiten ändern sich und mit ihnen die Dinge. Warum soll nicht heutzutage auch eine Ziege ein Kalb bekommen? Das ist mein Urteil!"

Die beiden gingen mit der Gazelle weiter und begegneten der Hyäne. Sie erzählten ihr, was geschehen war. Doch die Hyäne fürchtete sich ebenfalls vor dem Leoparden. Nachdem sie die beiden angehört hatte, überlegte sie eine Weile, dann sprach sie: „Meiner Meinung nach kann eine gewöhnliche Ziege tatsächlich kein Kalb bekommen. Aber die Ziege eines Leoparden kann es vielleicht doch. Das ist mein Urteil."

Afrika – Die Geschichten

Nun begaben sich alle vier — der Leopard, der Schakal, die Gazelle und die Hyäne — zur Gämse in die Berge. Sie erzählten ihr, warum sie sich nicht einigen konnten. Die Gämse zog ein kluges Gesicht und verkündete ihr Urteil: „Früher konnte jedes Tier nur ein Junges von seiner Art werfen. Der Löwe bekam ein Löwenjunges, die Ziege ein Zicklein und das Kamel ein Kamelfohlen. Doch das hat sich anscheinend jetzt geändert. Deshalb kann eine Ziege ein Kalb zur Welt bringen. Das ist mein Urteil." „Andere Richter finden wir nicht mehr", sprach der Leopard, „also gehört das Kalb mir." „Den Pavian haben wir noch nicht gefragt", meinte da der Schakal und alle liefen zu dem Felsen, an dem der Pavian wohnte.

Der Pavian aß gerade zu Mittag. Er drehte Steine um und verspeiste die delikaten Ameisen und Würmer, die er darunter fand. „Sprich Recht in unserer Sache!", bat ihn der Leopard. Und sie erzählten ihm ihre Geschichte, jeder so, wie er sie sah. Der Pavian hörte beide an und blickte sich unterdessen zerstreut um. Als die beiden ihre Beschwerde vorgebracht hatten und auf das Urteil warteten, kletterte er gemächlich auf einen hohen Felsen. Von dort oben blickte er zu ihnen hinunter und sprach kein Wort. In der Hand hielt er einen kleinen Stein, über den er mit den Fingern strich, als zupfe er Saiten. „Nun?", drängte ihn der Leopard ungeduldig. „Hast du verstanden, was wir dir erzählt haben? Wie lautet dein Urteil?" „Warte!", winkte der Pavian ab. „Siehst du nicht, dass ich jetzt etwas Anderes zu tun habe?" „Was denn?", fragte der Leopard. „Ich habe mein Mittagsmahl verspeist und will mir ein bisschen Musik machen." „Musik? Was für Musik?", fragten alle wie aus einem Munde. „Nun, eben Musik, wie ich sie auf diesem kleinen Instrument spielen kann", entgegnete der Pavian recht ungnädig. „Sieh einer an! Dabei streicht er mit den Fingern aber nur einen Stein", rief der Leopard aus.

Afrika – Die Geschichten

„Und einen solchen Narren wollten wir in unserer Sache Recht sprechen lassen! Als ob man auf einem Stein Musik machen könnte!" Da blickte der Pavian den Leoparden an und sprach: „Wenn eine Ziege ein Kalb zur Welt bringen kann, kann man auch auf diesem Stein ein schönes Lied spielen. Oder hörst du es nicht?" Dem Leoparden wurde heiß. „Hm", brummte er schließlich, „es ist wirklich ein schönes Lied!" Und da begehrten die anderen Tiere auf: „Das ist doch klar wie die Sonne! Nur eine Kuh kann ein Kalb zur Welt bringen! Also gehört das Kalb dem Schakal!" Was blieb dem Leoparden weiter übrig? Er trottete nach Hause und gab dem Schakal das Kalb zurück

***

Afrika – Die Rezepte

Doro Wot (Äthiopien / Eritrea)

Huhn auf äthiopische Art

Zutaten (für 4 Portionen):

1 großes Huhn oder entspr. Menge Hähnchenteile
1 Zitrone
½ Tasse Berbere (äthiopische rote Pfeffermischung)
2 TL Tomatenmark
2 EL Butter
¼ Liter Wein
2 TL Schwarzkümmel, gemahlen
3 Zehen Knoblauch
½ TL Ingwerpulver
½ TL Kardamompulver
6 Eier, hart gekocht
2 Zwiebeln, gewürfelt
Salz
Pfeffer
Wasser

Zubereitung:

„Doro Wot" ist eines der bekanntesten äthiopischen Gerichte.

Das Huhn waschen, zerlegen und mit Zitronensaft einreiben. Zwiebeln in Ringe schneiden und in einem Topf mit sehr wenig Fett braun anbraten. Butter, Tomatenmark und Berbere hineingeben und ebenfalls anrösten. Etwas Wasser dazugeben und gut umrühren.

Afrika – Die Rezepte

Den Wein, Ingwer, Kardamom, Schwarzkümmel und den Knoblauch dazugeben und 1-2 min rühren. Die Hühnerteile hinzufügen und 3-5 min. mitbraten.

2 Tassen Wasser zugießen und vorsichtig offen köcheln lassen, bis das Fleisch gar ist. Mit Salz und Pfeffer abschmecken. Die gekochten Eier schälen und mit einem scharfen Messer rundherum das Eiweiß an mehreren Stellen einritzen.

Die Eier vorsichtig unterheben und den Topf vom Herd nehmen. Noch 5- 10 min ziehen lassen.

Beilagen: Injeera (äthiopisches Fladenbrot), Fladenbrot, Tomaten, Salat.

Egussi (Nigeria)

Rindfleisch-Kürbis-Eintopf mit Grieß

Zutaten (für 4 Portionen):

500 g Rindfleisch, Bugstück
1 Zwiebel
1 Dose Tomatenmark
1 TL Sambal Oelek
¼ TL Curry
4 EL Öl
1 Pck. TK-Grünkohl (ganzjährig erhältlich)
100 g Kürbiskerne, gemahlen

Afrika – Die Rezepte

<u>Für den Grieß</u>
500 g Hartweizengrieß
1 TL Butter, Salz

Zubereitung:

Rindfleisch in 2 cm große Würfel schneiden und anbraten. Nach dem Anbraten die klein geschnittene Zwiebel zum Fleisch geben; glasig braten lassen. Salz, Sambal Oelek und Tomatenmark hinzugeben, verrühren und Wasser in den Topf geben. 30 Minuten köcheln lassen. Dann den Grünkohl hinzugeben. Köcheln lassen, bis dieser aufgetaut ist.

Nach ca. 50 Minuten Garzeit die gemahlenen Kürbiskerne unterrühren und bei kleinster Flamme ca. 20 Minuten köcheln. Etwa 1 l Wasser aufsetzen. 1 TL Salz und den EL Butter hinzufügen. Sobald das Wasser kocht, von der Feuerstelle nehmen, Grieß mit einem Schneebesen einrühren. Den Grieß im geschlossen Topf 10 Minuten ziehen lassen.

***

Afghanistan – Die Geschichten

Das schöne Mädchen und der Riese

Bei diesem Märchen finden sich Bechsteins Goldmarie und Pechmarie in einer anderen Version wieder. Bechsteins Thürschemann ist hier der Riese in den Bergen ...

Vor langer Zeit lebte einmal eine Witwe, die eine eigene Tochter und eine Stieftochter hatte. Die Geschichten erzählen, dass diese Witwe vor langer Zeit eine liebevolle, wunderschöne, junge Frau war. Und so hatte sie einen ebenso liebevollen jungen Mann geheiratet. Doch als ihre Tochter geboren wurde, da veränderte sie sich. Sie hatte nur noch Augen für ihre schöne Tochter. Allen anderen gegenüber wurde ihr Herz hart und kalt wie Stein. Das bekam auch ihr Mann zu spüren.

Keine Liebkosungen mehr, keine lieben Worte mehr, nichts dergleichen! Und so lief ihr der Mann eines Tages davon. Dann traf sie einen anderen Mann. Dieser hatte eine einzige Tochter. Die Frau des Mannes war bei der Geburt der Tochter gestorben. Jetzt suchte er eine liebevolle Mutter für seine Tochter. Und so heiratete er die Frau mit dem Mädchen. Er glaubte es könne wunderbar werden, denn er meinte, seine Tochter hätte eine Spielgefährtin gleichen Alters. Die Witwe aber hatte ihren zweiten Mann nur deshalb geheiratet, weil sie glaubte, auf diese Weise gut versorgt zu sein. Denn dieser Mann war ein reicher Kaufmann. Zunächst war sie noch sehr liebevoll, doch dann geschah etwas Seltsames. Ihr Mann wurde krank, er verfiel immer mehr und starb kurze Zeit darauf. Und siehe da, jetzt zeigte sich, dass der reiche Kaufmann sich geirrt hatte, denn die Witwe zeigte ihr wahres Gesicht!

Afghanistan – Die Geschichten

Ihre Stieftochter musste den ganzen Tag arbeiten. Es hieß immer nur: "Tue dies, tue das". Die Witwe sprach: „Koche das Essen, reinige das Haus, jäte das Unkraut, spinn' die Wolle ..." Ihre eigene leibliche Tochter aber tat nichts. Die übelste Arbeit, die die Stieftochter verrichten musste, war das Sammeln von Wollresten. Die Schafherde, welche die Alte unter anderem von ihrem verstorbenen Mann geerbt hatte, weidete draußen in der Wildnis. Und immer wieder riss Wolle aus dem Fell der Schafe in den spitzen Dornen ab. Die Alte dachte sich nun: „Wenn sie die Wolle sammelt und zurückkehrt, habe ich die restliche Wolle auch noch. Ich habe nichts verloren. Und wenn die wilden Tiere sie auffressen, dann bin ich sie endlich los. So kann ich nur gewinnen." Auch der Gedanke, die Wollreste zu erhalten, gefiel der Alten. Denn sie war trotz ihres Reichtums sehr geizig. So musste die Stieftochter ständig hinaus in die Wildnis, in das Dornengestrüpp und Wollreste sammeln.

Eines Tages, die Stieftochter war wieder in den Dornen unterwegs, da sah sie ein besonders schönes Stück Wolle an einem Dorn hängen. Die Wolle war weiß wie Schnee. Und man konnte schon von fernem sehen, dass sie wunderbar flauschig war. Es arbeitete sich das Mädchen durch die Dornen, um das Stück Wolle zu holen. Doch kurz bevor sie die Wolle erreichen konnte - sie streckte schon die Hand aus - kam ein Windstoß und blies die Wolle davon. Nun glaubte das Mädchen, ihre Stiefmutter würde sich über dieses Stück Wolle besonders freuen. Also beschloss es, der Wolle, die im Wind dahin wehte, zu folgen. So arbeitete sie sich durch die Dornen, bis sie zu einer Burg kam. Und dort, vor dem großen Tor, lag nun die Wolle. Das Mädchen wollte gerade danach greifen, und siehe da, das Tor öffnete sich und ein gewaltiger Riese trat heraus. Da fürchtete sich das Mädchen aber!

Afghanistan – Die Geschichten

Doch der Riese sprach mit sanfter Stimme: „Ach komm doch herein, ich habe eine kleine Aufgabe für dich. Wenn du sie erfüllst, sollst du belohnt werden." Da das Mädchen ein vertrauensvolles Herz hatte, folgte es dem Riesen. Drinnen sprach der Riese: „Jetzt reinige mir doch bitte das Haar und ziehe vor allem die Dornen, die in meinem Kopf stecken, heraus!" Das Mädchen machte sich an die Arbeit. Es reinigte das Haar des Riesen von allerlei Unrat. Und natürlich zog es alle Dornen aus dem Haupte des Riesen. Es freute sich der Riese und sprach: „Jetzt gehe in meine Schatzkammer und hole dir ein Stück Gold." Das Mädchen tat, wie sie der Riese geheißen hatte. Es ging in die Schatzkammer und holte sich ein schönes Stück Gold. Dann sprach der Riese: „Jetzt setze dich auf meine Schaukel. Und schaukele. Schaukele so heftig du kannst!" Da setzte sich das Mädchen auf die große Schaukel, die im Hofe des Riesen stand. Und es schaukelte und schaukelte. Bis ihr das Goldstück aus der Tasche fiel. Aber was war geschehen? Das Mädchen saß in einem wunderbaren goldenen Kleid auf der Schaukel! Da sprach der Riese: „Jetzt wirst du viele Talabgar (Verehrer, die um ihre Hand bitten) finden. Komm, nimm dieses Kleid!" Und: „Ich danke dir noch einmal. Aber jetzt mache dich auf deinen Weg."

Das Mädchen ging Heim. Es kam in einem wunderschönen, goldenen Kleid nach Hause. Und es berichtete, was ihm widerfahren war, denn es hatte ein wahrhaftiges Herz. Und es dauerte auch nicht lange, da kamen sie. Prinzen aus aller Herren Länder, die das wunderschöne Mädchen in dem wunderschönen, goldenen Kleid heiraten wollten. Und einer gefiel dem Mädchen besonders gut. Und so wurde Hochzeit gehalten. Die alte Stiefmutter jedoch sprach zu ihrer eigenen Tochter: „Sieh, was mit deiner Schwester geschehen ist. Jetzt gehe auch du und sammele Wolle." Und siehe da, auch sie fand ein wunderschönes, flauschiges, schneeweißes Stück Wolle.

Afghanistan – Die Geschichten

Und auch ihr blies der Wind die Wolle davon, bis sie zum Tor der Burg des Riesen kamen. Wieder öffnete sich das Tor und der Riese trat hervor.

Der Riese sprach: „Ach komm doch herein, ich habe eine kleine Aufgabe für dich." Das Mädchen folgte den Riesen. Und wieder bat der Riese: „Ach reinige doch bitte mein Haar und vor allem ziehe die Dornen aus meinem Haupt." Das Mädchen aber hatte keine Lust, sich schmutzig zu machen. Und außerdem hatte es Angst, sich an den Dornen zu stechen. Und so reinigte sie dem Riesen nicht das Haar und sie zog auch nicht die Dornen aus seinem Haupt. Sie stieß die Dornen vielmehr immer tiefer in das Haupt des Riesen. Da sprach der Riese: „Nun gehe in meine Schatzkammer und hole dir ein Stück Gold." Also ging das Mädchen in die Schatzkammer und holte sich das schönste Stück Gold. Und wie schon einmal sprach der Riese: „Jetzt setze dich auf die Schaukel und schaukele. Schaukele so heftig du nur kannst." Das Mädchen aber schaukelte sehr zaghaft. Es dachte sich: „Das goldene Kleid will ich wohl gewinnen, aber, wenn ich vorsichtig schaukele, kann ich auch das Stück Gold behalten." Der Riese aber sprach: „Ach komm, schaukele doch ein wenig doller." Da tat das Mädchen, wie der Riese sie geheißen hatte. Sie schaukelte aber immer noch sehr zaghaft. Und der Riese holte ein Stück Kohle und schwärzte dem Mädchen das Gesicht. Dann jagte er es fort und niemand wollte dieses Mädchen fortan heiraten.

(Nach einem Fragment von Dr. Mir Hafizuddin Sadri, auf www.afghan-aid.de)

Afghanistan – Die Geschichten

Der Traum der Prinzessin

„Am Ende ist alles gut und wenn es nicht gut ist, ist es nicht das Ende", sagt ein Sprichwort. Hier geht es um einen Traum, der zur fixen Idee einer Prinzessin wird - mit ziemlich schrecklichen Folgen für die Männer des Reichs. Bis ein kluger Mann ein versöhnliches Ende für ihren Traum findet …

Es war und es war nicht, oder war es doch? Und es war ein mächtiger König. Dieser König herrschte über ein großes und reiches Land, in dem es die saftigsten Wiesen, die schönsten Blumen, die mächtigsten Berge und kühlsten Bäche gab. Der König hatte einen Sohn. Einen prächtigen jungen Prinzen, der sein Ein und Alles war. Der junge Prinz liebte es, im Reiche umher zu reisen. Auf seinen Streifzügen traf er eines Tages auf einen alten Mann, der an einem Fluss saß und ein Bild betrachtete. Der junge Mann sah das Bild und verliebte sich sofort. Dort war eine junge Frau dargestellt, so klar, als stünde sie leibhaftig vor ihm. Sie hatte einen wunderschönen, bronzefahrenden Teint. Sie hatte wunderschöne, braune Augen und glänzendes, schwarzes Haar. Da sprach der junge Prinz: „Alter Mann, magst du mir dieses Bild verkaufen? Ich bin der Prinz und ich muss dieses Bild haben. Ich gebe dir dafür, was immer du haben möchtest." Der Alte entgegnete: „Für keinen Preis der Welt verkaufe ich dieses Bild. Es ist alles, was ich im Leben noch habe."

Traurig ritt der junge Mann nach Hause in den Palast zu seinem Vater, dem König. Dort sprach er: „Vater, ich habe mich verliebt. Ich habe mich in eine wunderschöne, junge Prinzessin verliebt. Alleine, ich habe sie noch nicht getroffen. Alles was ich bisher von ihr gesehen habe, ist ein Bild." Da entgegnete der König: „Mein Sohn, es ist unmöglich.

Afghanistan – Die Geschichten

Wer weiß, wo diese Prinzessin lebt. Oder ob sie überhaupt noch lebt. Oder weißt du, wie alt dieses Bild ist?" Der Prinz aber sprach: „Mein Vater, ich muss diese Frau haben, wenn sie noch lebt." Da rief der König seinen Wesir und erzählte ihm, was sein Sohn ihm berichtet hatte. Der Wesir sprach: „Nun, dann müssen wir zunächst feststellen, ob die junge Frau noch lebt. Dazu sollten wir den Alten mit seinem Bild in den Palast einladen." Und genauso machten sie es. Sie luden den Alten ein und siehe da, er kam mit seinem Bild.

Auch dem König gefiel die junge Frau ausnehmend gut und er fragte den Alten: „Wer ist diese junge Frau? Und wo lebt sie? Und überhaupt, warum magst du dieses Bild nicht verkaufen?" Da begann der Alte zu erzählen: „Ich habe eurem Sohn schon gesagt, dass dieses Bild alles ist, was mir im Leben geblieben ist. Ich war einmal ein reicher Mann und lebte in einem Land, das genauso reich ist, wie Eures. Dieses Land wurde von einem König regiert, der eine wunderschöne Tochter hatte. Diese junge Prinzessin aber wollte nicht heiraten. Ein jeder wollte sie sehen und freien, doch keiner traute sich. Denn diese junge Prinzessin ließ alle Männer, die sie traf, ja sogar alle männlichen Tiere, festsetzen und töten. Auch ich wollte die Prinzessin sehen. Und obwohl es gefährlich war, beschloss ich, mich in den Garten zu schleichen und mir die Prinzessin anzusehen. Das tat ich dann auch. Und ich verliebte mich sofort in sie. Ich wusste aber, dass ich sie niemals haben könne, denn sie tötete alle Männer. Aber ich wollte wenigstens ein Bild von ihr. Und so bat ich einen befreundeten Maler, sich in den Garten zu schleichen, die Prinzessin einmal anzusehen und dann für mich zu malen. Und weil ich wusste, dass dieses Unterfangen sehr gefährlich sei, bot ich dem Maler mein ganzes Geld. Der Maler hat sich in den Garten geschlichen und die junge Frau für mich danach gemalt. Es ist gelungen.

Afghanistan – Die Geschichten

Ich gab ihm aber mein ganzes Geld und behielt nur dieses Bild. Und darum werde ich dieses Bild niemals verkaufen." Da sprach der junge Prinz: „Ich muss diese Frau haben. Und sei es noch so gefährlich." Der Alte aber sprach: „Lasst es sein. Es wird euer Tod sein." Und mit diesen Worten verließ der Alte den Palast. Und während der König noch darüber nachdachte, wie es wohl gelingen könne, denn er wünschte seinem Sohn alles Glück der Welt, sprach der Wesir: „Ich habe einen klugen Sohn. Vielleicht kann er helfen."

König und Prinz waren einverstanden mit diesem Vorschlag. So stellte der Wesir seinen Sohn dem jungen Prinzen vor. Und siehe da, es dauerte nicht lange und die beiden freundeten sich an. Sie wanderten viel und oft durchs Reich und überlegten, wie sie es wohl anstellen sollten, die fremde Prinzessin zu gewinnen. Und schließlich wusste der Sohn des Wesirs, was sie zu tun hatten. Der Sohn des Wesirs sprach: „Alles hängt davon ab, ob es uns gelingt, herauszufinden, warum die Prinzessin alle Männer und sogar die männlichen Tiere töten lässt." Die beiden machten sich auf den Weg in das ferne Reich. Als sie dort angekommen waren, erfuhren sie, dass die Prinzessin eine alte Amme hatte. Im ganzen Reich sollte es niemanden geben, der die Prinzessin besser kannte, als diese alte Amme. So suchten der Prinz und sein Freund die Amme auf und fragten sie: „Sagt uns, warum lässt die Prinzessin alle Männer und alle männlichen Tiere töten? Wenn du uns das sagen kannst, so wollen wir dich reich belohnen." Die Amme sprach: „Ich weiß es nicht. Aber ich will versuchen, es herauszufinden."

Am nächsten Tag machte sich die alte Amme auf zur Prinzessin. Sie unterhielten sich eine Weile und dann fragte die Alte ganz beiläufig: „Sagt, was ich schon immer wissen wollte, warum lasst ihr eigentlich alle Männer und alle männlichen

Afghanistan – Die Geschichten

Tiere töten?" Da wurde die Prinzessin aber wütend! Sie schimpfte und sie fluchte und sie schlug die Alte und sie sprach: „Das ist dafür, dass du mir diese Frage gestellt hast. Dafür müsste ich dich töten. Wärest du nicht meine Amme, würde ich dich für diese Frage auf der Stelle töten lassen! Weil du aber meine Amme bist, warne ich dich! Verlasse den Palast und kommen nie wieder hierher!" „Aber…" Die Prinzessin unterbrach sie: „Nein, komm nie wieder hierher. Lass dich nie wieder im Palast blicken, sonst bist du des Todes!" Die Alte ging zu dem Prinzen und dem jungen Sohn des Wesirs. Sie berichtete, was ihr widerfahren war. Sie berichtete, dass sie den Palast nie wieder betreten dürfe, sonst würde die Prinzessin sie töten. Sie sprach: „Eure Frage kann ich noch nicht beantworten. Aber gebt mir noch ein paar Tage Zeit, ich will es wohl herausfinden."

Nach ein paar Tagen legte die Alte sich ins Bett. Sie braute sich einen Tee, der sie ganz elend aussehen ließ, obwohl er doch so herrlich duftete. Dann schickte sie eine Botin zur Prinzessin, die berichten sollte, ihre alte Amme läge im Sterben. Die Prinzessin hatte Mitleid mit ihrer alten Amme und wollte sie noch einmal sehen, bevor die Alte dahinschied. So machte sie sich auf den Weg zur Hütte der alten Frau. Dort fand sie die Alte, kahl und bleich wie der leibhaftige Tod mit glänzenden Schweißperlen auf der Stirn. Sie unterhielten sich eine Weile und dann fragte die Alte: „Bevor ich dahinscheide, bevor ich diese Welt verlasse, möchte ich doch noch wissen, warum du alle Männer und alle männlichen Tiere töten lässt."

Da sprach die Prinzessin: „Nun, jetzt wo du diese Welt verlässt, sollst du es wissen. Es war vor langer, langer Zeit. Da hatte ich einen Traum. Ich war ein Reh, das mit vielen anderen Rehen auf der Wiese stand und weidete. Da schlich sich im Gebüsch ein Jäger heran. Ich stand dort auf der Wiese

Afghanistan – Die Geschichten

mit einem prächtigen jungen Bock. Alle anderen Rehe waren weiblich. Alle Rehe und auch ich und der junge Bock flüchteten. Wir liefen so schnell wir konnten, um dem Jäger zu entkommen. Dann trat der junge Bock in ein Erdloch. Und die Erde war so hart, dass er seinen Fuß nicht mehr herausziehen konnte. Ich holte so schnell ich konnte Wasser und goss es in das Loch, um die Erde weich zu machen. Jetzt konnte der junge Bock seinen Fuß aus dem Loch ziehen und wir liefen weiter. Dann aber trat ich in ein ebenso tiefes Erdloch, bei dem die Erde genauso hart war, wie bei dem vorherigen. Auch ich konnte meinen Fuß nicht mehr herausziehen. Der junge Bock aber lief weiter und er lief und lief und er kam nicht zurück, um mir zu helfen. Schließlich holte der Jäger mich ein und fand mich in dem Erdloch. Er schoss mir eine Kugel zwischen die Augen und ich starb. Dann wachte ich auf. Seither weiß ich, dass alle Männer untreu sind. Der junge Bock hat mir nicht geholfen, obwohl ich ihm geholfen habe. Und weil alle Männer so untreu sind, lasse ich alle Männer und alle männlichen Tiere töten."

Die Prinzessin verließ ihre alte Amme. Diese wartete noch ein Weilchen ab und dann ließ sie sich einen anderen Tee brauen. Sie trank diesen Tee und siehe da, es dauerte nicht lange und sie sah aus wie das blühende Leben. Die Farbe kehrte in ihr Gesicht zurück und sie fühlte sich prächtig. Dann stand sie auf und zog ihre Kleider an. Heimlich schlich sie sich zu dem jungen Prinzen und seinem Freund, dem Sohn des Wesirs. Dort erzählte sie den beiden vom Traum der Prinzessin. Da sprach der Sohn des Wesirs: „Wir danken dir von ganzem Herzen. Jetzt weiß ich, was zu tun ist. Du aber sollst deine Belohnung erhalten. Zunächst aber bitte ich dich, eine Reise für uns zu tun. Denn vorerst bist du in diesem Reich nicht sicher, weil du uns den Traum der Prinzessin erzählt hast. Reite in unser Reich. Wenn du dort angekommen bist,

Afghanistan – Die Geschichten

erzähle dem König, dass er bald eine Einladung zu einer Hochzeit erhalten wird. Vorher aber bitte ihn, die besten Maler seines Reiches zu suchen und hierher zu schicken." Die Alte war einverstanden. Sie suchte sich einige Reisegefährten, wie es ihr der Sohn des Wesirs geraten hatte und dann trat sie ihre Reise an.

In der Zwischenzeit sprach der Sohn des Wesirs zu dem jungen Prinzen: „Wir wollen beginnen, einen prächtigen Palast zu bauen." Die Arbeiten begannen. Und sie gingen gut voran. Es dauerte nicht lange und dieses Reich hatte einen neuen, prächtigen Palast. Und kaum, dass der Palast fertig war, kamen fünf Männer aus dem Heimatland des Königs. Sie stellten sich als Maler vor. Da gab der Sohn des Wesirs seine Anweisungen. „Ich danke euch, dass ihr gekommen seid. Ich habe eine Aufgabe für euch. Und ihr sollt reich entlohnt werden." Zu dem ersten sprach er: „Ich möchte ein prächtiges Wandbild in der großen Halle unseres Palastes haben. Du sollst beginnen. Male eine Wiese, auf der viele Rehe stehen und grasen. Sie sollen alle weiblich sein. Male ein besonders schönes Reh. Neben dieses schöne, weibliche Reh male einen einzigen schönen, jungen Bock." Dem zweiten befahl er: „Male, wie sich ein Jäger anschleicht. Dann male, wie die Rehe in panischer Flucht davonlaufen. Male, wie der Bock in ein Erdloch tritt. Und dann male, wie das schöne weibliche Reh Wasser holt und in das Erdloch gießt." Dem dritten befahl er: „Und du malst bitte, wie der Bock seinen Fuß aus dem Erdloch zieht. Male wie die Rehe ihre Flucht fortsetzen. Und dann Male wie das weibliche Reh in ein Erdloch tritt." Wieder einen anderen bat der Sohn des Wesirs: „Male, wie der Rehbock davonläuft. Male, wie er immer weiterläuft. Dann Male, dass der Jäger zu dem Reh, das in dem Erdloch steckt, kommt. Male, dass er dem Reh zwischen die Augen schließt." Den letzten aber bat er: „Male wie der Rehbock schließlich eine Quelle findet.

Afghanistan – Die Geschichten

Wie er Wasser holt und zu dem weiblichen Reh zurückläuft. Wie er entdeckt, dass seine Gefährtin tot ist und wie er vor lauter Trauer seinen Schädel an einem Stein zerschlägt."

Die Maler machten sich sogleich ans Werk. Jedes Bild dauerte ein wenig länger als das vorherige. Schließlich war das Werk vollbracht. Und es zeigte die ganze Geschichte, so wie der Sohn des Wesirs sie erdacht hatte. Jetzt luden die beiden jungen Männer das ganze Reich ein, ihren Palast und das Werk der Maler zu bewundern. Die Leute kamen von nah und fern. Sie besichtigten den Palast und sie waren überaus begeistert von dem herrlichen Wandbild in der großen Halle. So kam es, dass die Kunde schließlich auch den König erreichte. Und auch er wollte diesen Palast sehen. Er machte sich mit seinem Gefolge auf und besuchte die beiden Fremden. Lange betrachtete er das Bild, so schön fand er es. Dann ritt er heim und erzählte seiner Tochter von diesem Bild. Und er sprach: „Du hast noch nie ein so prächtiges Wandbild gesehen. Es erzählt eine wunderbare Geschichte, eine herrlich traurige Geschichte. Du musst gehen und dir dieses Bild ansehen." Da sprach die Prinzessin: „Gerne will ich gehen und mir dieses Werk ansehen. Aber es geht nur bei Nacht, denn ich will keinem Mann begegnen. Ich würde ihn doch nur wieder festsetzen und töten lassen. Also geht es nur bei Nacht, wenn keine Männer auf der Straße sind." Denn die Prinzessin hatte im Grunde ihres Herzens keine Lust, so viele Männer zu töten.

So machte sich denn, als die Nacht angebrochen war, die Prinzessin mit einigen Dienerinnen auf den Weg zum Palast der beiden jungen Männer. Und jeder Mann und jedes männliche Tier verbarg sich so gut es ging. So konnte die Prinzessin keines männlichen Wesens ansichtig werden. Schließlich erreichten sie den Palast und traten ein. Und siehe da, sie wurden freundlich von den beiden Fremden begrüßt.

Afghanistan – Die Geschichten

Die Prinzessin ließ die beiden Männer vorerst nicht festsetzen. Als die große Halle betrat, sah sie das wunderbare Bild an der Wand. Ein jeder konnte jetzt sehen, wie Wut in der Prinzessin aufstieg. Sie schimpfte: „Diese unsägliche Amme! Sie hat euch meinen Traum verraten! Wäre sie nicht gestorben, würde ich ihr jetzt die Ohren abschneiden lassen und Zunge aus dem Hals schneiden lassen! Aber leider ist sie ja schon tot. So bleibt mir nichts Anderes übrig, als euch töten zu lassen, dafür, dass ihr meinen Traum für euer Bild - so schön es auch sein mag - missbraucht habt." Der kluge Sohn des Wesirs hatte diese Reaktion vorhergesehen und dem Prinzen genau gesagt, was er zu antworten hatte.

„Euer Traum? Das ist mein Traum! Ich träumte ihn vor langer Zeit. Ich träumte wie wir auf der Wiese standen und grasten, träumte wie wir davonliefen, als der Jäger kam. Und ich träumte wie ich in einem Erdloch stecken blieb und meine Gefährtin Wasser holte, um die Erde des Erdlochs aufzuweichen. Ich träumte wie wir weiterliefen. Und wie sie selber in einem Erdloch stecken blieb. Ich lief weiter, ich suchte Wasser, ich lief und lief und lief, bis ich endlich eine Quelle fand. Ich schöpfte Wasser und lief so schnell ich konnte zurück zu meiner Gefährtin. Und da war sie, tot, erschossen von dem Jäger. Ich wusste, dass ich zu spät gekommen war. Vor lauter Verzweiflung zerschlug ich meinen Schädel an einem Stein!"

Die Prinzessin aber befahl: „Holt die Soldaten! Lass die beiden festsetzen und töten für den Missbrauch meines Traumes!" Der junge Prinz fuhr fort: „Ihr braucht uns nicht zu töten. Im Traum töte ich mich selber jede Nacht. Seit ich diesen Traum hatte und zu spät gekommen war, um meine Gefährtin zu retten, zerschlage ich jede Nacht im Traum meinen Schädel an einem Stein." Da dachten die Prinzessin einen Moment nach und sprach: „Wenn dies euer Traum ist und er meinen

Afghanistan – Die Geschichten

Traum so sehr ähnelt, kann es sein?" Da sprach der Prinz: „Wenn ihr auch diesen Traum hattet und er meinen Traum so sehr ähnelt, heißt das, ihr wart meine Gefährtin? Und wenn ihr jetzt leibhaftig vor mir steht, heißt das, dass ihr noch lebt?" Da erwiderte die Prinzessin: „Und heißt das, dass doch nicht alle Männer untreu sind? Und dass ihr nur zu spät gekommen seid?" Dann mischte sich der Sohn des Wesirs ein: „Schöne Prinzessin, wieso glaubt ihr, dass alle Männer untreu sind?" Die Prinzessin sprach: „Aber mein Traum?" Der Sohn des Wesirs antwortete: „Vergesst euren Traum. Es gibt untreue Männer, aber dieser hier, der Prinz, ist eine treue Seele." Von diesem Tag an mussten sich kein Mann und kein männliches Tier mehr vor der Prinzessin fürchten. Die Prinzessin aber verliebte sich in den jungen Prinzen aus dem fernen Reich.

Dann wurde eine Hochzeit anberaumt. Der König aus dem fernen Reich wurde eingeladen und er kam mit seinem ganzen Gefolge. Und in diesem Gefolge war auch die alte Amme, die jetzt ihre Belohnung erhielt. Es wurde eine große Hochzeit gefeiert, 40 Tage und 40 Nächte lang. Und der junge Prinz wurde schließlich König im Reich der Prinzessin. Und als sein Vater starb gewann er sein altes Reich noch dazu und der Sohn des alten Wesirs wurde sein erster Wesir.

Ich wünschte, Allah würde uns ein ähnliches Schicksal bescheren.

Afghanistan – Die Geschichten

Der Baum des Lebens

In dieser Geschichte macht sich ein Sendbote auf den Weg, um für seinen Padischah einen Baum zu finden, der ewiges Leben beschert. Doch statt dieses Baumes findet er am Ende einen weisen Priester in der Einöde, der ihm die Bedeutung der Wissenschaften erklärt. Die wissenschaftlichen Errungenschaften im frühen Islam sind legendär – allen voran der berühmte Arzt Ibn Sina (Avicenna), der ca. 400 Jahre nach Mohammed im 10. Jahrhundert lebte und schon zu dieser Zeit Augen-Operationen durchführte …

Einst wusste ein weiser Priester seinem Padischah zu berichten: „In Indien steht ein Baum. Und wer von den Früchten dieses Baumes kostet, dem können Alter und Tod nichts anhaben." Es beschloss der Padischah, diesen Baum ausfindig zu machen und er fragte nicht, wie dieser beschaffen sei. Er ließ einen seiner Boten kommen und sprach: „Ich will dir eine große Menge Geldes geben. Sei großzügig und verschwenderisch und gib ruhig alles aus. Doch wenn du von deiner Reise zurückkehrst, dann bringe mir eine Frucht des Baumes des Lebens mit." Und er gab seinem Sendboten eine unermesslich große Summe Geldes.

Nun machte sich der Sendbote sogleich auf die Reise. Doch die Reise war trotz allen Geldes sehr beschwerlich. Der Sendbote ritt durch Wüsten, überquerte Gebirge, ritt durch tiefe Wälder und überquerte breite Ströme. Auf seiner Reise fragte er jede Menschenseele, die er traf, nach dem wundersamen Baum, dessen Früchte ewiges Leben bescheren. Doch ob er die Menschen nun einfach fragte oder - was er meistens tat - von seinem vielen Geld fürstlich bewirtete, niemand konnte ihm etwas über den wundersamen Baum, dessen Früchte das ewige Leben schenken, erzählen. Einige sprachen einfach: „Von so einem Baum haben wir noch nie etwas gehört."

Afghanistan – Die Geschichten

Die meisten lachten ihn nur aus und hielten ihn für einen Narren. Einer sprach laut auflachend: „Geh doch tief in den Wald hinein. Dort wächst ein Baum, der so hoch ist, dass niemand an seine Früchte kommt. Vielleicht ist das der Baum, den du suchst." Wieder andere sahen ihn nur mitleidig an und versuchten, ihm mit blumigen Worten zu erklären, warum es so einen Baum nicht geben kann.

Und dann, eines Tages nach langer Reise, hatte er fast seinen ganzen Reichtum aufgebraucht, ohne Kunde von dem Baum, dessen Früchte das ewige Leben bescheren, erhalten zu haben. Er war verzweifelt, am tiefsten Punkt angekommen. Er grübelte: „Was wird der Padischah tun? Ich habe fast sein ganzes Geld ausgegeben, ohne etwas über diesen Baum zu erfahren. Wird er mich schlagen? Wird er mich gar töten?" So kam er schließlich in eine Einöde, von der er dachte, dass dort keine Menschenseele zu finden wäre.

Doch siehe da, er traf einen Priester. „Wer bist du Jungchen? Und warum machst du ein Gesicht, als wäre die Milch im Fass sauer geworden?" Der Sendbote berichtete von seinem Auftrag und wie es ihm ergangen war. Wie er bemitleidet und ausgelacht wurde. Und wie er fürchtete, vom Padischah verprügelt oder gar getötet zu werden. Da sprach der Priester: „Was seid ihr doch für Narren! Der Baum den du suchst, ist nichts anderes als die Wissenschaft! Wer von der Wissenschaft kostet, wird sich zu Allah bekennen. Er wird lernen, Gutes von Bösem zu unterscheiden. Er wird Gutes tun und das Böse vermeiden. Er wird Bücher schreiben und Schüler hinterlassen. Und wenn seine Seele den Körper verlässt, ist das auch nicht schlimm. Denn sie wird in den Himmel fahren und dort weiterleben, während sein Name hier auf Erden weiterleben wird.

Afghanistan – Die Geschichten

Der Sendbote entgegnete: „Auch wir sind nicht dumm und auch wir haben unsere Vorstellungen. Wenn der Priester die Wissenschaft gemeint hätte, hätte er sie sehr wohl Wissenschaft genannt. Nein, Nein, ich suche den Baum, dessen Früchte das ewige Leben bescheren." „Mir scheint, du hast wieder nichts verstanden. Brauchst du ein Beispiel? Ein jeder Mann und eine jede Frau ist jemandes Vater oder Mutter. Jemandes Großvater oder Großmutter. Jemandes Bruder oder Schwester. Jemandes Vetter oder Cousine. Jemandes Freund oder Freundin. Kann man sie so nennen?" „Ja, das kann man wohl." „So verhält es sich auch mit der Wissenschaft. Ein Ding, zweierlei Namen. Du kannst sie Wissenschaft nennen oder Baum des Lebens."

Dann machte sich der Sendbote froh auf den Rückweg zum Padischah. Als er endlich im Palast des Padischahs angekommen war, berichtete er von seinen Schwierigkeiten. Von den Wanderungen durch die Wildnis und wie die Leute ihn bemitleidet oder ausgelacht haben. Da wurde der Padischah sehr traurig. So viel Mühen, ohne den Baum zu finden, dessen Früchte das ewige Leben bescheren! Dann aber berichtete der Sendbote von den Worten des Priesters, den er in der Einöde getroffen hatte. Als er geendet hatte, belohnte der Padischah seinen Sendboten fürstlich. Und er verfügte, dass ein jeder, ob jung oder alt, sich der Wissenschaft zu widmen hätte, denn sie verheißt ewiges Leben. Der Padischah selber ließ große Bibliotheken bauen und widmete den Rest seines Lebens ebenfalls der Wissenschaft

Afghanistan – Die Geschichten

Das Geschenk der Löwin

Der Löwe ist gefährlich … Hier hat alleine der König die Weitsicht, erst einmal zu schauen und sich nicht von Vorurteilen leiten zu lassen. Der Rest der Bevölkerung verfällt in kollektive Hysterie …

In einem fernen Land regierte einst, vor langer Zeit, ein sehr weiser König. Er hatte die Gewohnheit, jeden Vormittag in seinem Palast alle Menschen zu empfangen, die eine Bitte, einen Wunsch oder ein Anliegen an ihn hatten. Eines Tages, als wieder viele Menschen im Thronsaal bei der Audienz des Königs versammelt waren, schrie plötzlich jemand: „Hilfe! Ein Löwe!!" Alle fuhren auf und erblickten zu ihrem Entsetzen an der Tür, die zum Garten führte, eine Löwin. Die Menschen stürzten Hals über Kopf aus dem Saal. Nur der König blieb auf seinem Thron sitzen und schaute zu der Löwin hin. Er merkte, dass sie nur drei Pfoten auf den Boden gesetzt hatte. Die linke Vorderpfote hielt sie angewinkelt in der Luft. Langsam erhob sich der König und machte behutsam einen kleinen Schritt auf die Löwin zu. Die Löwin senkte den Kopf. Da begriff der König, dass sie ihn nicht angreifen wollte. Er näherte sich ihr langsam, streichelte ihr den Nacken und betrachtete dann ihre Pfote. Sie hatte sich einen langen Dorn eingetreten, den sie ohne Hilfe nicht mehr herausbrachte. „Warte", rief der König. „Auch dir soll geholfen werden!"

Er rief seinen Leibarzt, und der musste nun, obwohl ihm dabei die Knie schlotterten, der Löwin den Dorn aus der Pfote ziehen. Der König hielt dabei ihren Kopf und murmelte ihr beruhigende Worte ins Ohr. Dann bestrich der Arzt die Wunde mit einer heilenden Salbe, und die Löwin humpelte davon. Der König aber ließ seinen Geschichtsschreiber kommen und den Besuch der Löwin in der Chronik des Landes aufzeichnen.

Afghanistan – Die Geschichten

Denn es war das erste Mal, dass eine Löwin zur Audienz des Königs gekommen war.

Eine Woche später war der Thronsaal am Morgen wieder voller Menschen, als plötzlich einer schrie: „Hilfe! Ein Löwe!!" Und wirklich stand wieder eine Löwin an der Tür zum Garten. Alle stürzten hinaus, nur der König blieb ruhig auf seinem Thron sitzen. Er hatte die Löwin gleich erkannt. Diesmal hatte sie alle vier Pfoten aufgesetzt, und im Maul trug sie ein großes Blatt. Sie ließ es fallen, und einige Samenkörner kamen zum Vorschein. Die Löwin grub mit ihrer Pfote ein kleines Loch und verscharrte die Samenkörner. Dann brüllte sie drei Mal laut und freudig und lief davon. „Die Löwin hat uns ein Geschenk gebracht", rief der König. Und er befahl seinem Gärtner, die Samenkörner auszugraben und in einem besonderen Beet einzupflanzen.

Schon bald begannen kleine Pflanzen in dem Beet zu sprießen. Sie wurden rasch größer, bekamen große Blätter und dann auch schöne Blüten. Und schließlich wuchsen Früchte daran. Erst waren sie groß wie eine Kirsche, dann wie ein Pfirsich, ein Apfel, ein Kinderkopf, ein Erwachsenenkopf ... Und sie wurden immer größer und größer. Die Menschen des Landes bekamen Angst. Sie gingen zum König und jammerten: „Die Löwin hat uns diese Früchte gebracht, es sind Löwenfrüchte. Wer weiß, was darin ist? Womöglich kleine Löwen! Wenn die Früchte reif sind, kommen sie heraus und fressen uns alle." Der König lächelte. „Ich glaube nicht, dass in den Früchten kleine Löwen sind", meinte er. Aber er wusste, dass man einem Menschen seine Angst nicht ausreden kann, und so sprach er: „Doch wir wollen vorsichtig sein. Wir werden eine hohe Mauer um das Beet mit den Früchten bauen. Selbst wenn kleine Löwen darin wären - was ich, wie gesagt, nicht glaube -, könnten sie uns dann nichts antun."

Afghanistan – Die Geschichten

Nachdem die Mauer fertig war, schlich der König eines Nachts, als alles schlief, durch die darin eingebaute Tür zu dem Beet. Er pflückte eine der Früchte und teilte sie mit seinem Schwert. Kein kleiner Löwe war darin, sondern Fruchtfleisch, saftig und duftend, und Kerne, die so aussahen wie die Samenkörner, welche die Löwin ihm gebracht. Der König gab einem Esel von der Frucht zu fressen. Der Esel fraß und fraß, und es bekam ihm gut. Der König gab auch einer Ziege davon zu fressen. Auch sie fraß und fraß, konnte gar nicht genug bekommen und verschlang sogar die Schalen. Und schließlich kostete der König selber. „Mmmm" - die Frucht war saftig und ungeheuer wohlschmeckend. Der König hatte noch nie etwas so Gutes gegessen.

Am nächsten Tag gab er bei der Audienz jedem, der zu ihm kam, ein Stück der Frucht und fragte: „Wie schmeckt dir das?" Und alle antworteten „Majestät, das ist ungeheuer wohlschmeckend! Was ist das?" Am Ende der Audienz sprach der König: „Was ich euch heute zu kosten gab, waren die ‚Löwenfrüchte', das Geschenk der Löwin. Wie ihr seht, sind keine kleinen Löwen darin. Wir wollen die Früchte anbauen, damit alle Menschen sie genießen können!"

So geschah es dann auch, und die Früchte verbreiteten sich über alle warmen Länder. Im Sommer kann man sie auch bei uns kaufen - die Melonen, die die Löwin zu den Menschen brachte.

(Gidon Horowitz, Stegen)

Afghanistan – Die Geschichten

Die kleine Schwalbe und der Tannenbaum

Hier erfahren wir, warum die Schwalben häufig als Glücksbringer und Frühlingsboten gelten. Diese Geschichte ist ein weiterer Beleg dafür, dass die Geschichten auf der ganzen Welt ihre Wege finden. Der Höhepunkt dieses Märchen stellt den Kern des Märchens „Warum die Tanne immergrün ist" von Duncan Williamson, erschienen 2001 in „The Land of the Seal People" bei Birlinn Ltd., Edinburgh, dar ...

Es war einmal eine kleine Schwalbe. Sie war sehr neugierig. Sie berührte alles mit ihrem Schnabel. Sie bewunderte die Natur. Auf grünen Wiesen entdeckte sie verschiedenartige Lebewesen und Pflanzen. Stundenlang schaute sie die bunten Blumen an. Sie hatte überall Tiere als Freunde. An einem frühen Morgen flog sie eine kleine Runde über die wilde Natur ihrer Umgebung. Da sah sie eine Ameise, die versuchte, sich aus dem Wasser des Tümpels zu retten. Sie befand sich in großer Gefahr, da sie nämlich nicht schwimmen konnte. Der Tannenbaum, der etwa 5 Meter von diesem Tümpel entfernt stand und ebenfalls die Not der Ameise bemerkt hatte, rief: „Nimm ein Zweiglein von mir und wirf ihn dort ins Wasser, wo sich die Ameise befindet." Er sprach ganz traurig: „Seitdem meine Eltern umgelegt worden sind, ist diese Stelle sehr gefährlich. Wenn es regnet, ist kein Baum da, um das Wasser zu schlucken. Deswegen gibt es hier immer eine Überschwemmung. Dadurch verlieren viele Tiere und Pflanzen ihr Leben. Es entstehen für Ameisen gefährliche Teiche. Ich möchte gerne helfen, aber ich kann es leider nicht."

Die kleine Schwalbe pickte ein Nadelzweiglein dieses Tannenbaumes ab und warf ihn ins Wasser. Die Ameise kletterte darauf. Der frische Morgenwind trieb den Zweig ans Ufer, so

Afghanistan – Die Geschichten

dass die Ameise sich retten konnte. „Vielen Dank, du hast ein großes Herz", bedankte sie sich. Sie lud die kleine Schwalbe zu sich ein. Die kleine Schwalbe bewunderte die großen Leistungen der Ameisen, die diese beim Aufbau ihrer Hügel vollbracht hatten. Sie war sehr erstaunt, als sie erfuhr, wie die Ameisen arbeiten, wie ihr großer Staat funktioniert und wie sie der Natur einen großen Dienst erweisen. Sie zeigte ihr auch die Lieblingsspeise der Schwalben: Insekten. Aber die kleine Schwalbe mochte kein Fleisch essen, sodass die Insekten, aber auch Regenwürmer, keine Angst vor ihr zu haben brauchten. So entstand eine Freundschaft zwischen der Schwalbe und der Ameise.

Der Vater der kleinen Schwalbe ärgerte sich über sie; er dachte, dass sie in ihrer Entwicklung gestört sei, weil sie nicht so war wie die anderen Schwalbenkinder in ihrem Alter. Die Mutter machte sich über ihre seltsamen Essgewohnheiten Sorgen. „Das kann nicht normal sein", dachten die Eltern. Anstatt Regenwürmer und Ameisen zu fressen, pflegte sie Freundschaft mit ihnen und fraß lieber Mirabellen und Kirschen, obwohl sie keine Erfahrung hatte. Ab und zu verschluckte sie die Kerne. Es war anstrengend und mühsam, die Kerne vom Fruchtfleisch zu trennen. Der kleine Schnabel konnte die großen Kirschen und Mirabellen oft nicht halten. Schon manche saftige Kirsche fiel ihr aus dem kleinen Schnabel. Wegen der Freundschaft mit den Regenwürmern, den Ameisen und dem Tannenbaum wurde die kleine Schwalbe oft von ihren Artgenossen und Spielkameraden gehänselt. Sie lachten sie jedes Mal aus, wenn sie mit ihnen sprach und spielte.

„Nach Süden, nach Süden möchte ich nicht", rief die kleine Schwalbe. „Ich will hierbleiben. Hier bin ich geboren. Hier habe ich meine Freunde. Die Kirschen und Mirabellen schmecken mir. Die Bäume sind grün. Ich bin hier glücklich."

Afghanistan – Die Geschichten

Sie wollte sich nicht beruhigen und fragte immer wieder: „Warum gerade nach Süden?". Den Argumenten ihrer Mutter hörte sie nicht zu. Eines Tages aber erklärte sie: „In Ordnung, dann will ich vielleicht doch mit in den Süden". Nur damit die Mutter endlich aufhörte, sie mit langen Reden zu quälen. So konnte sie zu ihren Freunden fliegen.

Zur Schule ging die kleine Schwalbe nicht so gerne. Sie mochte die Befehle und Mahnungen ihrer Lehrer nicht. Außerdem lachten die Mitschüler sie aus. Machte sie einen Fehler, dann riefen sie, sie solle Regenwürmer fressen. Der Lehrer war sehr streng zu den Schülern. Sie müssten möglichst viele Techniken des Fliegens lernen, bevor der Sommer zu Ende sei. Nur so würden sie für die lange Reise nach dem Süden gerüstet sein. Auch bei Unwetter und Regen sollten sie sich zurechtfinden, weil sie doch zum ersten Mal diese große Schwalbenwanderung mitmachten. „Immer dieses blöde Fliegen! Ich kann es ja, und doch muss ich üben, weil meine Eltern dies so bestimmt haben. Bereits im Kindergarten habe ich gelernt, wie man fliegt!" So schimpfte die kleine Schwalbe bald jeden Tag.

Die kleine Schwalbe war Anfang Mai hier im Norden geboren. Anfangs war sie in einem Nest mit ihren Geschwistern. Ihre Eltern hatten sie mit allerlei Leckerbissen versorgt. Die kleine Schwalbe konnte bald von einem Ast auf den anderen fliegen. Ihr machten diese großen Sprünge, die für andere "kleine Sprünge" waren, Spaß. „Wenn die kleine Schwalbe nur auf sich aufpassen würde!", sprach die Mutter. „Und friss nicht die Kerne der Kirschen, wenn du zum Kirschbaum fliegst", mahnte sie. Denn die kleine Schwalbe flog gerne zum Kirschbaum. Die rote Farbe der Kirschen faszinierte sie.

Afghanistan – Die Geschichten

„Du träumst wieder", sprach der Lehrer. Er fuhr fort: „Woran denkst du? Fliegen ist nicht Fliegen! Du hast aber enorme Schwierigkeiten beim Anflug und Landen! Wenn der passende Wind nicht gewesen wäre, hättest du das Aufsteigen nicht geschafft. Du versteifst deine Flügel so sehr, flatterst unregelmäßig und bist unkonzentriert bei der Sache. Auch deine Hausaufgaben erledigst du nicht gewissenhaft." Die kleine Schwalbe dachte an die Worte der Mutter. Sie dachte an die Zeiten, da sie nach Süden fliegen müsste. Sie hatte Angst vor unbekannten Landschaften und Tieren. Sie konnte sich ein Leben ohne ihre Freunde nicht vorstellen.

Die kleine Schwalbe murmelte: „Immer dieses Wort Tradition! Ich höre es jeden Tag. Meine Eltern benutzen es, der Lehrer benutzt es. Jeder, den ich frage, antwortet mir, es sei eben Tradition! ‚Tradition', was für ein Wort! Sie verstehen mich nicht." An diesem Tag warf die Sonne noch lange ihre Strahlen über den Horizont. Es war lange Zeit hell. Die Mutter bat die kleine Schwalbe, endlich zu Bett zu gehen, damit sie am nächsten Morgen ausgeschlafen sei. „Denn morgen ist wieder ein Schultag. Du hast nur noch eine Woche Schule, und bald sind Ferien."

Die kleine Schwalbe hörte ihren Vater kommen. Er berichtete der Mutter von der Schwalbenversammlung: „Das war ein Tag. Die Vertreter der Gegenpartei stimmten zunächst dem Antrag nicht zu, dass wir in zwei Wochen die Reise zum Süden antreten sollen. Sie sagten, dass die Gutachten über Reiseroute und Wind noch nicht fertig seien. Der Älteste schlug vor, dass wir uns bald auf den Weg zum Süden machen sollten. Wir sollen nun alle Vorbereitungen für die Reise treffen. Erfahrungsgemäß fängt bald der Herbstwind zu wehen an. Gegen diesen Wind zu fliegen, ist eine Qual. Das wäre ungünstig für uns, weil er auch den Schnee aus dem Gebirge mitbringt.

Afghanistan – Die Geschichten

Wir finden keine Nahrung mehr. Wenn wir nicht rechtzeitig losfliegen, erreichen wir den Süden nie!", erzählte der Vater weiter. „Unser linker Nachbar ist mit seiner Sippschaft schon vorige Woche aufgebrochen." „Ja, ja, die waren immer so voreilig. Welche Reiseroute haben sie genommen?" fragte die Schwalbenmutter.

Kurz vor dem Abflugtag ermahnte der Vater noch einmal in ernstem Ton die kleine Schwalbe: „Über das verbotene Gebiet sollst du nicht fliegen! Dort ist das Land der sieben großen Riesen, die sich nicht nur gegenseitig beschießen, sondern auch auf uns schießen, die wir ja waffenlos sind. Es wird berichtet, dass ihre Könige ihre eigenen Häuser zwei Mal völlig zerstört haben. Dabei sind auch unsere Leute von Splittern verletzt worden, manche gar tödlich. Jetzt streiten sie oft so laut, dass manche Kirschbäume umfallen, insbesondere dann, wenn sie ihre alljährliche Tanzparty veranstalten." Am nächsten Tag war die Zeit zum Aufbruch gekommen. Alle waren erschienen, um gemeinsam die große Reise nach Süden anzutreten. Die Flugroute war bereits besprochen, die Zahl der Zwischenlandungen bestimmt. Nur die kleine Schwalbe war noch nicht da. Die Eltern, Geschwister und Verwandten machten sich um sie Sorgen. „Wo steckt sie bloß?", dachte die Mutter.

„'Ich komme nicht mit', hat sie immer gesagt". „Sie ist wirklich ein Dickkopf", sagte der Vater. „Sie hat doch letztens zugestimmt, mit nach Süden zu fliegen." Die Mutter unterbrach den Vater und sagte: „Hoffentlich ist ihr nicht etwas zugestoßen."

Ganze Scharen von Schwalben warteten auf sie. Der Chef der Gruppe war sehr unruhig. Er flog hin und her und flatterte aufgeregt mit den Flügeln. Zwischen den startbereiten

Afghanistan – Die Geschichten

Schwalben gab es einige, die flüsterten und schauten dabei irgendwie komisch zu den Eltern der kleinen Schwalbe hin. Eine rief aus der Menge: „Du warst nicht streng genug mit deiner Erziehung. Wegen euch müssen wir nun unseren Flug verschieben." Nach einigen Stunden ging der Schwalbenvater zu dem Leiter und bat ihn, das Startkommando zu geben, damit die anderen nicht länger auf ihn warten müssten. „Wir fliegen nicht mit. Wir bleiben hier und suchen die kleine Schwalbe". Der Leiter verabschiedete sich von der Familie und einigen Freunden der kleinen Schwalbe und wünschte ihnen viel Erfolg bei der Suche. Auch einige Nachbarn waren geblieben, die bei der Suche nach der kleinen Schwalbe behilflich sein wollten. Denn sie alle hatten die kleine Schwalbe lieb, auch wenn sie so sonderbar und eigensinnig war.

Während die anderen Schwalben mitsamt ihren Familien davonflogen, kehrten die Eltern, Geschwister, Verwandten und Nachbarn der kleinen Schwalbe wieder zu ihren Nestern zurück. Als sie nach Hause gekommen waren, um die Suchaktion zu starten, sahen sie die kleine Schwalbe fürchterlich jammern und weinen. Sie hatte Schmerzen. Vor lauter Schmerzen konnte sie kaum sprechen. Sie war an einem Flügel verletzt und konnte nicht fliegen.

„Hast du das verbotene Gebiet angeflogen?", fragte die Mutter. „Ich wollte mal schauen, was dort los ist. Dort sahen die Waldfrüchte sehr schön aus. Die Bäume sind voll, die Landschaft reich an Nahrungsmittel. Plötzlich habe ich einen Knall gehört. Ich versuchte, schnell zu fliehen. Dennoch ist mein rechter Flügel verletzt. Mit Müh und Not bin ich hierher geflogen."

Afghanistan – Die Geschichten

Die kleine Schwalbe hatte viel Glück gehabt. Wäre nicht die Ameise da gewesen, wäre sie schon von den sonderbaren Waffen eines Riesen getötet worden. Dieser Riese hatte sonderbare Regeln, die die kleine Schwalbe nicht nachvollziehen konnte. Sie verstand nicht, warum er der kleinen Schwalbe ein Paar Körner hinwarf und dabei ihren Lieblingskirschbaum umlegte, von deren Früchten sie sich ernährte. Er verschlang den Baum samt Wurzeln und Früchten. „Gott sei Dank, dass diese Riesen keine Flügel haben", meinte die kleine Schwalbe. Und nach einer kurzen Überlegung: „Eines Tages werden sie sich bestimmt Flügel basteln können und dann sind wir ihnen ausgeliefert." Während die Ameise ein totes Insekt schleppte, sah sie die kleine Schwalbe singend hin und her fliegen. Plötzlich merkte sie, dass ein gefährliches und Tod bringendes Gerät eines Riesen auf die kleine Schwalbe zielte. Die Ameise ließ ihre Beute los und rannte so schnell sie konnte auf den Riesen zu. Sie biss in seinen Zeh, so dass seine Hände zitterten und der Hauptteil der "Munition" die kleine Schwalbe nicht hat treffen können. Dennoch wurde sie am rechten Flügel durch einen Splitter getroffen.

„Ihr sollt auch nach Süden fliegen. Ich bleibe mit dem Jüngsten hier", sagte die Mutter. Schweren Herzens verabschiedeten sich der Vater, die Geschwister, die Verwandten und die Nachbarn. Sie strengten sich an und flogen, ohne größere Pausen einzulegen, damit sie ihre Verspätung ausgleichen und den großen Schwalbenschwarm noch einholen konnten.

Inzwischen war das Schwalbennest auf dem großen Baum zerstört worden. Die Schwalbenmutter hatte nicht die Kraft, ein neues Nest auf einem anderen Baum zu bauen. Das hätte Wochen gedauert. Außerdem fehlen auch die nötigen Baumaterialien. Die Nächte waren kalt geworden.

Afghanistan – Die Geschichten

Es war im Begriff zu schneien. Über Nacht froren die beiden sehr. Die kleine Schwalbe entschuldigte sich bei der Mutter. „Eigentlich haben unsere Vorfahren Recht, das sie im Herbst in den Süden, in wärmere Gegenden fliegen. Hier ist es für uns wirklich zu kalt. Was wird jetzt aus uns werden? Wir haben kein Nest, um uns darin zu wärmen! Liebe Mutter, werden wir jetzt erfrieren?" fragte sie ängstlich.

Die Schwalbenmutter ging zum Apfelbaum. „Apfelbaum, dürfen wir bei dir überwintern?" „Nein, nein, es ist nicht möglich. Bei mir ist das Boot voll", erwiderte der Apfelbaum. „Ich muss so viele Äpfel tragen, die sind mir sowieso zu schwer. Euch kann ich nicht bei mir aufnehmen. Dieses Jahr geht bei mir nicht, kommt doch im nächsten Jahr wieder."

Verzweifelt und enttäuscht gingen sie zum Birnbaum. Auch er sprach die gleichen Worte. Die Antwort der anderen Obstbäume war ebenso: zu viel Obst, zu schwer, vielleicht nächstes Jahr! Schließlich kamen sie zum Tannenbaum, auf dessen Zweigen die kleine Schwalbe während ihrer Kindheit gespielt hatte. Er erkannte sie sofort. „Du und deine Mutter sind mir herzlich willkommen. Ihr seid für mich eine Bereicherung", sprach der Tannenbaum mit freundlichem Ton. „Es ist mir eine Freude, euch bei mir aufzunehmen, denn ich möchte nicht allein sein. Seitdem meine Eltern umgelegt wurden, bin ich hier ganz allein. Leider trage ich keine Früchte, worüber die Menschen sich freuen würden."

Der Winter war vorbei. Die Mutter und das Kind bedankten sich bei dem Tannenbaum für die freundliche Aufnahme und wünschten ihm eine gesegnete Ernte. Scharenweise kamen die Schwalben zurück. Auch die Familie der kleinen Schwalbe war da. Sie freuten sich über das Wiedersehen und umarmten sich. So verbrachten sie jedes Jahr den ganzen Sommer im

Afghanistan – Die Geschichten

Norden, im Winter aber zogen sie nach Süden. Von diesem Zeitpunkt an verstand die kleine Schwalbe den Sinn den Sinn der alljährlichen Wanderung. Sie verstand nun, was das Wort "Tradition" bedeutet.

So flogen sie jeden Herbst nach Süden und deshalb merkten sie nicht, dass der Tannenbaum seit dieser Zeit nie seine Blätter verlor. Kein Blitz der Welt konnte den Tannenbaum verbrennen. Auch im Winter war er grün und nie einsam. Denn ein glanzvolles Licht schien an einem dunklen Wintertag, ein Licht der Liebe, ein Licht des Südens und schenkte dem kleinen Tannenbaum eine Kraft, im Winter Früchte zu tragen, während die Obstbäume unfruchtbar und die Riesen machtlos wurden. Die Früchte des Tannenbaumes haben einen besonderen Wert, denn sie bringen Freude und Begeisterung für Klein und Groß.

Die Schwalben werden seither als "Glücksbringer", "Blitzabwender" und "Frühlingsbote" bezeichnet.

***

Afghanistan – Die Rezepte

Kookoo

Würzige Kartoffelpuffer mit Joghurt

Zutaten (für 4 Portionen):

1 kg Kartoffeln
1 Zwiebel
5 Eier
1 Bd. Petersilie
Joghurt
Öl
Zimt, Curry, Salz, Pfeffer

Zubereitung:

Kartoffeln waschen und in einem großen Topf garen. Danach abkühlen lassen,

In der Zwischenzeit die Eier in einer Schale aufschlagen. Die Zwiebel reiben und die Petersilie fein hacken.

Die Kartoffeln pellen und zerstampfen bzw. durch die Kartoffelpresse drücken. Den Kartoffelbrei mit den geschlagenen Eiern, etwas Salz, Pfeffer, Curry und Zimt, der geriebenen Zwiebel sowie der gehackten Petersilie gut durchmischen. Die Mischung 30 Minuten ziehen lassen.

Dann aus der Kartoffelmasse Puffer formen. 4-5 EL Öl in einer Pfanne erhitzen und die Puffer darin braten, bis sie goldbraun sind. Mit frischer Petersilie, Joghurt und angewärmten Naan oder Chapati servieren.

Afghanistan – Die Rezepte

Havij

Cremige Gemüsesuppe

Zutaten (für 4 Portionen):

1 Bd. Bundmöhren
2 Zwiebeln
4 Knoblauchzehen
1 Bd. Petersilie
1 Bd. Koriander
1 Bd. Minze
250 g rote Linsen
1 Ds. Tomaten
Salz, Pfeffer, Currypulver

Zubereitung:

Zuerst die Möhren schälen (falls erforderlich) und in kleine Würfel schneiden. Die Zwiebeln und den Knoblauch sehr fein hacken. Die Kräuter hacken, dabei einige Blätter Minze zurückbehalten.

Die Linsen waschen und mit den Karottenwürfeln in einen Topf mit ca. 2 Litern Wasser geben und zum Kochen bringen. Sobald das Gemüse kocht, die Tomaten, die Zwiebeln und den Knoblauch dazu geben. Abschmecken mit Salz, Pfeffer und Curry.

Afghanistan – Die Rezepte

Das Ganze ca. 20 Minuten kochen lassen. Danach vom Herd nehmen und die gehackten Kräuter dazugeben.

Zum Schluss die Suppe pürieren, mit Minze garnieren und frischem Fladenbrot servieren.

Keschmesch Panir

Frischkäse mit Rosinen

Zutaten (für 4 Portionen):

2 Ltr. Vollmilch
1 Be. Saure Sahne
300 gr. Naturjoghurt
2 El Zitronensaft
500 gr. Rosinen

Zubereitung:

In einem Topf Milch und saure Sahne verrühren und aufkochen. Sobald die Milch kocht, Joghurt und Zitronensaft zugeben, umrühren und Hitze reduzieren. Es trennt sich die Molke von der Käsemasse.

Beides zusammen in ein mit einem Tuch ausgelegtes Sieb geben und ca. 1 Stunde abtropfen lassen. Den entstandenen Frischkäse in dicke Scheiben schneiden. Der Käse ist im Kühlschrank bis zu drei Tagen haltbar.

Den Käse mit den Rosinen z.B. zum Tee servieren.

Iran (Persien) – Die Geschichten

Die kluge Tochter des Padischahs und der Perlendieb

Diese Geschichte über den Wert des Erzählens habe ich zu Beginn meiner Erzählerkarriere vom Erzähler Olaf Steinl gehört. Ursprünglich stammt sie aus der Sammlung „Kaschkul". Erzählt wird von einer klugen, jungen Frau, die es vermag, anhand der Reaktion dreier Männer auf eine ihrer Geschichten den wahren Dieb zu entlarven …

Am Anfang waren Mann und Frau und es war nichts außer Gott … so beginnen viele Geschichten in Persien. Und in Persien gibt es viele Geschichtenerzähler! Ich habe Euch heute eine Geschichte über den Wert des Geschichtenerzählens mitgebracht. Nein, nicht die Geschichte von Scheherazade, die viele vielleicht kennen. Ich will euch eine andere Geschichte über das Geschichtenerzählen erzählen …

Am Anfang waren Mann und Frau und es war nichts außer Gott … und es war ein Bauer.

Der Bauer fand eines Tages auf seinem Acker eine riesige, wunderschöne Perle. Und er dachte bei sich: „Was soll ich wohl damit anfangen? Ich habe doch schon genug für mich. Eine solche kostbare Perle gebührt allein dem Padischah! Ich will ihm die Perle schenken!" So kehrte er heim und fertigte ein kleines Kästchen aus edelstem Rosenholz. Dieses schlug er mit rotem Samt aus. Dann legte er die Perle hinein und machte sich auf den Weg.

Am Abend kehrte er in einer Herberge ein, denn der Weg zum Padischah war weit und beschwerlich. Dort kam er mit drei Männern ins Gespräch.

Iran (Persien) – Die Geschichten

Man aß und trank und ließ es sich gut gehen. Schließlich erzählte der Bauer von seinem Vorhaben. Er holte sein Rosenholzkästchen hervor und zeigte stolz die wunderschöne Perle. Die anderen bewunderten ihn und dann zeigten auch sie ihre Schätze - und es war nicht viel. Schließlich, als die Nacht kam, legten sie sich zur Ruhe. Alle schliefen sofort ein, denn der Tag war lang und hart. Alle bis auf einer. Einer der drei stellte sich nur schlafend und als die anderen eingeschlafen waren, nahm er das Rosenholzkästchen des Bauern und tauschte die wunderschöne Perle gegen einen hässlichen Stein.

Am Morgen - nach einem ausgiebigen Frühstück - verabschiedeten sich der Bauer und die drei Männer. Ein jeder ging seines Weges. Der Bauer kam schließlich zum Palast des Padischahs und begehrte Einlass. Er sollte sagen, weswegen er gekommen sei. Da sprach der Bauer: „Ich komme von weit her, um dem Padischah etwas Wunderschönes zu schenken, das ich beim Ackern gefunden habe." Der Padischah war hocherfreut und ließ den Bauern vortreten. Doch als er das Rosenholzkästchen öffnete und darin nur einen hässlichen Stein fand, wurde er unsagbar wütend. Er schlug mit der Faust auf den Tisch, dass es nur so donnerte. „Du Unsäglicher, das soll ein schönes Geschenk sein? In den Kerker mit dir, du Wurm!" Und so wurde der Bauer in das Verlies geworfen. Nun lag der Bauer im Kerker und jammerte und klagte. Als die Wächter dies hörten, dauerte es sie und der Bauer wurde erneut dem Padischah vorgeführt. Jetzt konnte er von seinem Leid erzählen, und er erzählte von den drei Männern. Da wurde er wieder in den Kerker geworfen, denn wer weiß, ob er die Wahrheit sprach. Der Padischah aber hoffte insgeheim, eine wunderschöne, riesige Perle zu gewinnen und so befahl er, man solle in die Stadt gehen und die drei Männer auftreiben und vor seinen Thron führen. Und siehe da, es gelang.

Iran (Persien) – Die Geschichten

Vor dem Padischah sollte der Übeltäter gestehen, aber alle drei sprachen: „Ich habe nie etwas von solch einer Perle gehört!" Da wurde der Padischah aufs Neue wütend und die drei wurden ebenfalls in den Kerker geworfen. Nun hatte der Padischah aber eine wunderschöne und sehr kluge Tochter, die alle mit ihren Geschichten zu bezaubern wusste. Diese trat vor ihren Vater und sprach: „Sag Vater, ist das gerecht und weise? In deinem Kerker sitzen vier Männer, doch drei davon sind unschuldig und nur einer ist ein Übeltäter. Ich bitte dich, lass die drei Männer frei - den Bauern kannst du gerne noch ein wenig im Kerker lassen für seine Dummheit." „Ja und wie soll ich da den Schuldigen finden?" fragte der Padischah. „Heute Abend will ich ein Festessen für die drei Männer geben. Danach werde ich wohl wissen, wer die Perle genommen hat." Und der Vater war einverstanden, denn er wusste um die Klugheit seiner Tochter. Er ließ die drei Männer holen.

Am Abend setzte die Prinzessin den Männern ein prächtiges Mal vor. Und als sich alle satt gegessen und getrunken hatten, sprach die Prinzessin: „Zum Abschluss des Abends will ich Euch eine Geschichte erzählen. Dann stelle ich euch eine Frage und wer die klügste Antwort weiß, der erhält als Belohnung meine Hand." Und so begann sie zu erzählen...

Am Anfang waren Mann und Frau und es war nichts außer Gott ... und es war eine wunderschöne Prinzessin. Und die war noch sehr jung, ja sie war fast noch ein Kind. Die Prinzessin ging eines Tages durch ihren Garten. Da fand sie eine herrliche Blume, die wunderschön anzusehen war und herrlich duftete. Jetzt wollte die Prinzessin die Blume brechen. Doch dann dachte sie: „Nein, wenn ich sie breche, wird sie welken und vergehen." So ließ sie die Blume stehen. Das sah ein junger Gärtnerbursche. Und - unerfahren wie er war - trat er zu der Blume, brach sie und überreichte sie der Prinzessin.

Iran (Persien) – Die Geschichten

Diese – obwohl sie auch traurig war, dass die Blume gebrochen war – freute sich sehr über das Geschenk, war da doch einer, der genau wusste, was ihr gefiel. Und so gewann sie den Gärtnerjungen schnell lieb. Sie trafen sich jetzt immer öfter. Dies gefiel ihrem Vater, dem Padischah dieses Landes, gar nicht. Ein einfacher Gärtnerbursche geziemte sich nicht für seine edle Tochter. So wurde er immer wütender und schließlich verbot er den beiden mit donnernder Stimme, sich weiter zu sehen. Die Prinzessin konnte dem Gärtnerjungen nur noch versprechen: „Jetzt werden wir uns für lange Zeit nicht mehr sehen. Doch am Vorabend meiner Hochzeit werde ich noch einmal zu dir kommen und die Nacht mit dir verbringen. Und dich noch einmal in meinen Garten führen, damit du mir ein letztes Mal eine Blume brechen kannst." Dann wurde der Gärtnerjunge fortgejagt.

Die Jahre vergingen und die wunderschöne Prinzessin kam ins Heiratsalter. Da suchte der Padischah einen geziemenden Mann für seine Tochter und dieser war auch bald gefunden. Und so sollte Hochzeit sein. Am Vorabend jedoch erinnerte sich die Tochter des Padischahs an das Versprechen, dass sie einst dem Gärtnerburschen gegeben hatte. Und so machte sie sich auf den Weg zu seiner Hütte, um ihr Versprechen einzulösen.

Sie war noch nicht allzu weit gegangen, da sprang ein grimmiger Löwe aus dem Busch und wollte sie fressen. Die Prinzessin erschrak und dann sprach sie: „Bitte guter Löwe, fresse mich nicht!" Und sie erzählte von ihrem Versprechen und dass sie auf dem Weg war, dieses einzulösen. „Wenn du mich gehen lässt, dann kannst du mich auf dem Rückweg fressen, wenn es mein Schicksal ist." Und der Löwe ließ sie unbehelligt ihres Weges ziehen. Kaum war sie ein Stück weitergegangen, da sprang hinter einem Baum ein Räuber hervor.

Iran (Persien) – Die Geschichten

Angezogen von ihren schönen Kleidern und ihrem Schmuck wollte er sie ausrauben. Wieder erzählte die Prinzessin von ihrem Versprechen: „Ich versprach einem Gärtnerjungen, ihn am Vorabend meiner Hochzeit zu besuchen und noch einmal eine Nacht mit ihm zu verbringen. Bitte, Herr Räuber, habt ein Herz und raubt mich nicht aus. Auf dem Rückweg, wenn dies mein Schicksal ist, dürft ihr mich gerne ausrauben." So ließ auch der Räuber von ihr ab.

Endlich erreichte sie die Hütte des Gärtnerburschen, der mittlerweile zu einem stattlichen Mann herangewachsen war. Dieser wunderte sich sehr, sie zu sehen: „Ich hätte nicht gedacht, dass ich dich noch einmal wiedersehen würde. Warum bist du zu mir gekommen?" „Ich habe dir ein Versprechen gegeben, bevor mein Vater unsere Wege getrennt hat. Und nun bin ich gekommen, um mein Versprechen einzulösen. Lass uns in meinen Garten gehen und dort brich' ein letztes Mal die Blume - denn morgen ist der Tag meiner Hochzeit." „Ach, das war kindisches Gerede. Dein Vater hat dir einen guten Mann gefunden. Lass uns dein Glück nicht für eine Nacht - und sei sie auch noch so herrlich - aufs Spiel setzen. Kehre Heim, heirate deinen Bräutigam und werde glücklich!" Froh machte sich die Prinzessin auf den Heimweg, denn mittlerweile hatte sie ihren Bräutigam von Herzen lieb, während der Gärtner nur noch eine glückliche Erinnerung aus längst vergangenen Zeiten war.

Wieder kam sie am Versteck des Räubers vorbei. Und diesmal wollte er sie nun wirklich ausrauben. Doch die Prinzessin erzählte ihm, was zwischen ihr und dem Gärtner vorgefallen war. Das dauerte den Räuber und so ließ er abermals von ihr ab. Doch dann kam sie an dem Löwen vorbei, der sie jetzt endlich fressen wollte. Doch es ging wie mit dem Räuber und so kehrte die Prinzessin

Iran (Persien) – Die Geschichten

schließlich wohlbehalten und glücklich heim. Und am nächsten Tag wurde Hochzeit gehalten und sie lebten glücklich und zufrieden...

...so endete die Geschichte der Prinzessin.

Und sie sprach: „Hier endet meine Geschichte. Wer mich nun gewinnen will, der muss sich als Weise erweisen und mir diese Frage beantworten; Wer von den dreien - Gärtner, Räuber oder Löwe - ist der Anständigste? Doch bedenkt eure Antwort gut. Nur der, der die beste Antwort weiß, wird mich gewinnen." „Das ist einfach," sprach da der Erste, „natürlich ist der Gärtner der Anständigste. Für das Glück der Prinzessin verzichtete er auf eine Nacht voller sinnlicher Wunder!" „Das ist Unsinn!" rief der Zweite. „Natürlich ist der Löwe der Anständigste. Er hat die Prinzessin verschont und so ist ihm ein herrliches, zartes Mahl entgangen!" „Nein, nein, ihr Narren" sprach der Dritte, „der Räuber hat auf märchenhaften Reichtum und edelste Geschmeide verzichtet. Also ist er der Anständigste!". Da machte die Prinzessin ein nachdenkliches Gesicht. „Alle eure Antworten sind gut. Ich will zu meinem Vater gehen. Er soll eure Antworten in seiner Weisheit prüfen und entscheiden, wem meine Hand gebührt."

Und dann ging sie zu ihrem Vater. Und sie sprach: „Jetzt weiß ich, wer die Perle genommen hat. Es konnte nur der Dritte gewesen sein." „Wie geht das an?" fragte der Padischah. „Nun, der Erste hatte sinnliche Gelüste. Darum hielt er den Gärtner für den Anständigsten. Der Zweite aber dachte nur an seinen Magen und seinen dicken Bauch und so hielt er den Löwen für den Anständigsten. Den Dritten aber gelüstete es nach Reichtümern und edlen Geschmeiden und er hielt den Räuber für den Anständigsten.

Iran (Persien) – Die Geschichten

Und so hat ein jeder seinen Charakter offenbart. Nein, nur der Dritte kann die Perle genommen haben!"

Da ließ der Padischah den dritten Mann bringen. Er wurde durchsucht und siehe da ... man fand bei ihm die Perle des Bauern! Da musste er gestehen und wurde ins tiefste Verlies geworfen. Dort musste er ob seiner üblen, habgierigen Gesinnung bis zu seinem Ende bleiben. Der Padischah aber entschuldigte sich bei den beiden anderen und gab ihnen Geschenke. Dann wurde auch der Bauer freigelassen. Der Padischah dankte ihm tausendfach für die schöne Perle, entschuldigte sich und beschenkte ihn fürstlich. Und so lebten sie – fast – alle glücklich und zufrieden.

Und die Prinzessin? Sie erfreute und bezauberte weiterhin alle Welt mit ihren wundervollen Geschichten.

(Olaf Steinl, Hannover, aus „Kaschkul")

Auch dies wird vergehen

Diese Geschichte erzählt davon, dass ein Derwisch lernen muss, dass alles vergänglich ist. Ich habe diese Geschichte von dem Hamburger Erzähler Jörn-Uwe Wulf ...

Ein Derwisch kam nach einer langen beschwerlichen Reise, die ihn durch unbewohnte Gebiete, steinige und sandige Wüsten, und karge Gegenden geführt hatte, endlich wieder in eine bewohnte Gegend. Diese Gegend hieß sandige Hügel und auch hier war es sehr trocken.

Iran (Persien) – Die Geschichten

Müde, hungrig und durstig fragte er nach einem Gasthaus. „Na, ein Gasthaus haben wir hier nicht. Was sollen wir auch damit, kommt doch kaum einmal ein Wanderer in unsere Gegend. Wenn du aber ein Lager für die Nacht suchst, dann gehe zu Shakir. Er ist sehr hilfreich und der reichste Mann der Gegend." Und ein anderer sprach: „Ja, er ist sogar reicher als Haddad aus dem Nachbardorf." Auf dem Weg zu Shakir versicherte sich der Derwisch immer wieder des Weges. Er fragte einige Alte, die Pfeife rauchend am Wege saßen. Die Leute wiesen ihm gerne den Weg. Und ein jeder erzählte ihm, wie reich Shakir war. „Er hat über 1000 Stück Vieh." „Gegen Shakirs Haus ist das Haus von Haddad eine schäbige Hütte, obwohl es doch so prächtig ist."

Schließlich erreichte der Derwisch das palastartige Haus des Shakir. Er wurde freundlich empfangen und eingeladen, einige Tage zu bleiben. Nach einigen Tagen, in denen sich Shakir, seine Frau und seine Töchter als sehr freundlich und hilfsbereit erwiesen hatten, beschloss der Derwisch, seine Reise fortzusetzen. Da wurde er von Shakir mit reichlich Proviant und Wasser ausgestattet. Als der Derwisch wieder unterwegs war, wollten ihn die Abschiedsworte von Shakir nicht mehr aus dem Kopf gehen. Er selbst hatte sich mit den Worten: „Möge Allah sich dir auch weiterhin so gnädig erweisen!" verabschiedet. Shakir aber hatte geantwortet: „Lass dich nicht von Äußerlichkeiten täuschen, mein Freund. Auch dies wird vergehen." Diese Worte wollten dem Derwisch nicht mehr aus dem Kopf gehen. Schließlich aber erinnerte er sich, dass sich manche Rätsel erst mit der Zeit klären. Und so beschloss er, die Abschiedsworte von Shakir vorerst für sich stehen zu lassen.

Es vergingen fünf Jahre, da führten seine Wege den Derwisch wieder in die Gegend der sandigen Hügel. Freudig erkundigte er sich nach seinem Freund Shakir.

Iran (Persien) – Die Geschichten

Die Leute antworteten: „Ja, Shakir lebt jetzt im Haus von Haddad." „Er hat seinen ganzen Reichtum verloren." Erstaunt machte sich der Derwisch auf den Weg zu Haddad. Dort wurde er von einem in Lumpen gekleideten Shakir freudig empfangen. Shakir erzählte ihm: „Eine Flut hat meinen ganzen Besitz davongespült. Nur das Haus von Haddad blieb stehen. Wir selbst konnten nur unser nacktes Leben retten. Aber Haddad war so freundlich, uns in seine Dienste zu nehmen." Jetzt verstand der Derwisch, was Shakir ihm vor fünf Jahren sagen wollte. Nur eines hatte sich nicht geändert: Shakir und seine Familie erwiesen sich wieder als sehr gastfreundlich. Das Leid hatte an ihrer Einstellung nichts geändert. Nach ein paar Tagen wurde der Derwisch wieder mit reichlich Wasser und Proviant ausgestattet. Er verabschiedete sich mit den Worten: „Möge Allah dir wieder gnädig werden." „Jaja, aber auch dies wird vergehen." Wieder dachte der Derwisch lange über die Worte seines Freundes nach und beschloss schließlich, sie für sich stehen zu lassen.

Diesmal vergingen sieben Jahre, bis der Derwisch wieder in die Gegend der sandigen Hügel kam. Sein Freund Shakir war wieder reich geworden und lebte jetzt im prächtigen Hauptsitz von Haddad. So ging der Derwisch wieder zu seinem Freund. Dieser empfing ihn freundlich und erzählte: „Haddad ist vor einiger Zeit gestorben. Und weil er keine Nachkommen hatte, hat er mir seinen gesamten Besitz als Dank für treue Dienste vererbt." Wieder blieb der Derwisch einige Tage. Und dann war alles wie bei den ersten beiden Malen. Er erhielt Wasser und Proviant und wurde mit den Worten verabschiedet: „Auch dies wird vergehen." Diesmal dachte der Derwisch nicht lange über die Worte nach. Hatte sich doch gezeigt, dass sein Freund all diese Entwicklungen vorhergesehen hatte.

Iran (Persien) – Die Geschichten

Diesmal vergingen viele Jahre, bevor der Derwisch wieder in das Land der sandigen Hügel kam. Da beschloss er, nach seinem Freund Shakir zu sehen. Doch er konnte ihn nicht mehr finden. Schließlich aber fand er ein einfaches Grabmal auf einem Friedhof. Die Inschrift lautete: „Auch dies wird vergehen an." Der Derwisch dachte: „Reichtum kommt, Reichtum geht. Das verstehe ich wohl. Und auch das Leben geht. Auch das verstehe ich. Aber wie kann ein Grabmal verschwinden?" Er dachte eine Weile darüber nach und beschloss dann, auch diesmal die Worte vorerst zu vergessen.

Jetzt rüstete der Derwisch sich für seine längste Reise. Er wollte zu Fuß nach Mekka wandern, wie es unter seinesgleichen Sitte war. Anschließend wanderte der Derwisch von Mekka bis nach Indien. Als er schließlich in seine Heimat Persien zurückkam, da führten ihn seine Wege wieder in das Land der sandigen Hügel. Da beschloss er, nach dem Grab seines Freundes Shakir zu sehen. Er ging dorthin und meditiert eine Weile. Fortan kam der Derwisch jedes Jahr für eine kurze Zeit zum Grab seines Freundes. Und eines Tages, siehe da, war auch das Grab verschwunden. Eine Flut hatte den Friedhof davongespült. Der Derwisch stand lange auf den Ruinen des Friedhofes und blickte betrübt zu Boden. Jetzt hatte er verstanden.

Der Derwisch war jetzt zu alt zum Reisen geworden. Er ließ sich nieder und half fortan allen, die in Not geraten waren, mit seinen Weisheiten und seiner Lebenserfahrung. Sein Ruf verbreitete sich schnell und erreichte schließlich auch das Ohr des ersten Beraters des Königs. Dieser befand sich in großer Not. Der König hatte verfügt, ihm solle ein Ring gemacht werden mit einer Inschrift, die ihn traurig machte, wenn er froh war und froh, wenn er traurig war. Die besten Juweliere wurden befragt.

Iran (Persien) – Die Geschichten

Männer und Frauen aus dem ganzen Land kamen, doch niemand war in der Lage, den König zufriedenzustellen. Keiner der vielen Vorschläge gefiel dem König. Schließlich wandte sich der Berater des Königs in seiner Not an den Derwisch. Er lud den alten Mann in den Palast des Königs ein. Der Derwisch aber sandte, ohne sein Haus zu verlassen, seine Antwort. Ein Ring wurde gefertigt. Ein wunderschöner Ring geschmückt mit einem Smaragd und verziert mit der Inschrift, die der Derwisch vorgeschlagen hatte. Der König war seit einiger Zeit sehr missmutig. Er nahm den Ring und streifte ihn enttäuscht über. Dann aber fiel sein Blick auf die Inschrift. Er begann zu lächeln und schließlich laut zu lachen. Die Inschrift auf dem Ring lautete: „Auch dies wird vergehen."

(Jörn Uwe Wulf, Hamburg)

Der Kaufmann und der Papagei

Auch diese Geschichte stammt aus der Sammlung „Kaschkul". Sie ist von Rumi überliefert. Eine andere Version wurde von Duncan Williamson erzählt und gab einer Sammlung von schottischen Travellermärchen, die von Floris Books, Edinburgh, veröffentlicht wurde, den Titel – „Der Flug des goldenen Vogels". Eine Tatsache, die den universellen, kulturübergreifenden Charakter der Märchen und Geschichten wieder einmal sehr schön deutlich macht …

Ein reicher Kaufmann, ein sehr reicher Kaufmann, besaß alle Schätze, die man sich denken kann. Er lebte in einem wunderschönen Haus – fast schon ein Palast – und besaß Gold, Stoffe und Gewürze im Überfluss. Dazu konnte er noch viele Sklaven und eine glückliche Familie sein Eigen nennen.

Iran (Persien) – Die Geschichten

Sein größter Schatz aber war ein Papagei, der sprechen konnte. Nicht einfach nur so nachplappern … nein, mit diesem Papagei konnte der Kaufmann sich richtig unterhalten. Dieser Vogel lebte in einem goldenen Käfig und wurde umhegt und behütet. Er bekam die feinsten Speisen und das frischeste Wasser. Am Abend wurde sein Käfig mit einem Tuch aus feinstem Samt bedeckt, damit der wertvolle Vogel ungestört schlafen konnte.

Eines Tages musste der Kaufmann auf eine große Reise ins ferne Indien, um neue Waren zu kaufen. Und da er ein großzügiger Mann war, fragte er alle, seine Familie und sogar seine Sklaven, welches Geschenk er ihnen mitbringen sollte. Und schließlich fragte er sogar seinen Papageien: „Und du mein Freund? Was soll ich dir mitbringen? Was wünschst du dir?" Und der Papagei antwortete: „Schenke mir die Freiheit!" Der Kaufmann sprach: „Oh nein, die Freiheit kann ich dir nicht schenken. Du bist das Liebste und Teuerste, was ich habe." „Dann nimm mich wenigstens mit auf deine Reise nach Indien, damit ich meine Verwandten besuchen kann!" Der Kaufmann: „Auch das geht nicht, mein lieber Freund. Nehme ich dich mit auf meiner Reise, könnte es sein, dass ich unter die Räuber falle. Und sie würden dich dann stehlen. Und das geht nicht, denn dann hätte ich dich verloren. Und du bist doch das Liebste und Teuerste was ich habe." Da bat der Papagei: „Gibst du mir nicht die Freiheit und nimmst du mich nicht mit, dann übermittle wenigstens meinen Verwandten im fernen Indien eine Botschaft." „Das will ich gerne tun. So sage mir denn, wie deine Nachricht lautet!" „Dann berichte Ihnen, wie sehr ich mich nach ihnen sehne. Und sage ihnen, dass ich hier in diesem Käfig gefangen bin. Und frage sie bitte auch, ob es gerecht ist, dass ich nur wegen meiner bunten Federn und meines schönen Gesanges hier in diesem Käfig gefangen bin,

Iran (Persien) – Die Geschichten

während sie die grünen Wälder, die duftenden Gärten und die Sonne Indiens in Freiheit genießen können."

Der Kaufmann versprach's und stellte eine Karawane zusammen. Und dann machte er sich auf die Reise nach Indien. In Indien angekommen erledigte der Kaufmann zunächst seine Geschäfte. Dann machte er sich auf die Suche nach anderen Papageien. Und siehe da, es dauerte nicht lange und er fand einen Baum, auf dem viele bunte Papageien - ebenso wie seiner - saßen. Jetzt stellte sich der Kaufmann unter den Baum und verkündete die Botschaft, so, wie sein Papagei es ihm aufgetragen hatte. Und kaum hatte er geendet, begann einer der Vögel auf dem Baum ganz fürchterlich zu zittern. Und dann fiel er vom Baum - tot! Der Kaufmann erschrak gar fürchterlich. „Oh nein, was habe ich mit meinen unbedachten Worten getan?"

Zutiefst traurig machte er sich auf seinen Heimweg aus dem fernen Indien zu seinem schönen Palast. Den ganzen langen Heimweg über dachte er: „Was habe ich mit meinen unbedachten Worten nur getan? Ich habe diesen Vogel mit meiner Nachricht umgebracht! Aber ich konnte doch nicht wissen, dass so etwas geschehen würde." Was dort in dem Wald in Indien geschah, nachdem er abgereist war, wusste der Kaufmann natürlich nicht. Wie dem auch sei - nach vielen, vielen Tagen kehrte er zurück in seinen Palast. Als erstes verteilte er, wie versprochen, die mitgebrachten Geschenke.

Und dann ging er zu seinem Papageien. „Und? Hast du meine Botschaft übermittelt?" Der Kaufmann berichtete: „Ich habe deine Botschaft übermittelt und es gibt nichts, was ich so sehr bereue, wie diese Tat. Denn als ich deine Botschaft übermittelte, fiel einer der Vögel, ich nehme an,

Iran (Persien) – Die Geschichten

ein naher Verwandter von dir, tot vom Baum. Darum gibt es nichts, was ich so sehr bereue, die meine unbedachten Worte."
Kaum hatte er geendet, begann auch sein Papagei fürchterlich zu zittern. Und dann fiel er tot von seiner Stange. Der Kaufmann öffnete behutsam den Käfig. Und er öffnete das Fenster. Jetzt hatte diese unheilige Botschaft auch noch seinen treuen Gefährten getötet! Doch siehe da, der Papagei erhob sich, schlug einmal mit den Flügeln und flog aus dem Käfig, aus dem Fenster und auf den Baum im Garten des Kaufmanns. Da begann der Kaufmann zu lamentieren: „Oh nein, welch grausame List haben dir deine Verwandten beigebracht. Dass du mir, der immer für dich besorgt hat, ein derartiges Leid zufügst?" Der Papagei aber entgegnete: „Mit seiner Tat hat er mir Rat gegeben. Er hat mich das Geheimnis der Freiheit gelehrt. Mit seinem Tod hat er mir den Weg in die Freiheit gewiesen, indem ich nicht mehr singe. Denn diese Dinge haben mich in Gefangenschaft gebracht. Ich habe mit meinem bunten Gefieder kokettiert und mit meinem Gesang die Welt erfreut. Das hat einen Jäger dazu verführt, mich fangen zu wollen. Und so ist es geschehen. Und so bin ich in deinen Käfig gelandet. Die Freiheit jedoch liegt in der Stille und im Sterben, damit man dem Käfig entkommen kann."

> *Wenn du ein Same bist, picken dich die Vögel auf;*
> *Bist du eine Knospe, pflücken dich die Kinder;*
> *Wer mit seinem Wissen und seiner Kunst aus aller Welt kokettiert,*
> *den wollen seine Feinde aus Eifersucht vernichten*
> *und seine Freunde versuchen, Vorteil aus ihm zu schlagen."*

Und als der Papagei geendet hatte, erhob er sich in die Lüfte, flog noch einmal um den Palast und verschwand dann in Richtung Indien.

Iran (Persien) – Die Geschichten

Der Mullah und der Esel

In dieser kleinen Geschichte sorgt die Angst, das Kopfkino dafür, dass ein armer Mullah seinen gestohlenen Esel zurückerhält. Wenn wir vor unangenehmen Herausforderungen stehen, neigen wir häufig dazu, uns die Folgen in den düstersten Farben auszumalen. Hier führt das Kopfkino eines Diebes zu einem guten Ende. Doch allzu oft schrecken wir vor Aufgaben zurück und vergeben Möglichkeiten, nur weil unser Kopfkino dazu führt, dass wir uns schreckliche Folgen ausmalen, statt einfach genauer hinzusehen ...

Da war einmal ein weiser Mullah. Und weil er so weise war, genoss er hohes Ansehen. Doch macht hohes Ansehen allein nicht reich. Und so besaß er nichts außer einem wenig Geld und einem Esel. Außerdem nannte er noch ein Zelt, in dem er draußen vor der Stadt Isfahan lebte, sein Eigen.

Eines Tages beschloss er, in die Stadt zu reiten, um dies und das für den täglichen Bedarf auf dem Basar zu kaufen. Er ritt also in die Stadt und erledigte seine Einkäufe auf dem Basar. Dann gelüstete es ihn nach Limonade und Tee. Also ging er zum Teehaus und band seinen Esel davor an. Dann trat er mitsamt seinen Einkäufen ein und trank einen Tee. Und weil er als weiser Mann bekannt war, kamen auch sogleich Leute von hier und da, um ihn in dieser oder jener Angelegenheit um Rat zu fragen. So trank er noch das eine oder andere Glas Tee. Schließlich trat er vor das Teehaus und ... sein Esel war verschwunden! Da fragte der Mullah diesen und jenen, Männlein und Weiblein: „Sag, hast du meinen Esel gesehen?" Doch weder Männlein noch Weiblein konnten ihm Auskunft über den Verbleib seines Esels geben. Jetzt wurde der Mullah wütend und begann zu schimpfen: „Ich will meinen Esel! Ich bin ein alter Mann und brauche meinen Esel!

Iran (Persien) – Die Geschichten

Soll ich etwa meine Einkäufe zu Fuß nach Hause tragen, zukünftig zu Fuß in die Stadt kommen, Ratsuchende zu Fuß besuchen? Ich will sofort meinen Esel!" Nichts! Dann drehte der Mullah sich um und ging zurück in das Teehaus. Auf der Schwelle drehte er sich noch einmal um und rief: „Ich werde jetzt noch einen Tee trinken, und wenn mein Esel dann nicht wieder da ist, dann … dann werde ich etwas tun, wozu ich gar keine Lust habe!" Mit diesen Worten ging er wieder in das Teehaus und trank noch einen Tee.

Als er wieder vor die Tür trat - siehe da - war sein Esel wieder da. Aber die Menschen waren verschwunden! Alle Menschen waren verschwunden. Alle? Alle, bis auf einen alten Mann, der den Mullah schüchtern fragte: „Sag einmal, was wäre es denn, was ihr getan hättet, wenn ihr euren Esel nicht zurückbekommen hättet?" „Dann hätte ich armer Mann mir von meinem wenigen Geld einen neuen Esel gekauft, wozu ich, wie ihr euch denken könnt, gar keine Lust habe." Sprach's, setzte sich auf seinen Esel und ritt zurück zu seinem Zelt vor der Stadt Isfahan, wo er noch lange glücklich und zufrieden lebte und den Menschen guten Rat in ihren Angelegenheiten gab. Und dies ist das Ende meiner kleinen Geschichte.

(Nossrath Peseschkian)

***

Iran (Persien) – Die Rezepte

Ash Mast

Joghurtsuppe mit Kräutern und Hackbällchen

Zutaten (für 4 Portionen):

200 g Hackfleisch
500 g Joghurt (optimal wäre griechischer Joghurt)
150 g Kichererbsen aus der Dose
20 g Walnüsse, gehackt
1 Tasse Milchreis oder eingeweichter (ca. 20 Min) Risotto Reis
3 kleine Zwiebeln
1 EL Mehl
2 EL Pfefferminze (getrocknet)
2 EL gehackte Petersilie (frisch)
1 EL gehackter Koriander (frisch)
2 EL gehackter Schnittlauch (frisch)
1 EL Butter
1 EL Öl
1 TL Salz

Zubereitung:

In einem Topf die Kichererbsen und Reis mit Wasser bedecken und zum Kochen bringen (bei getrockneten Kichererbsen müssen diese über Nacht einweichen). Petersilie, Koriander und Schnittlauch hacken und dazuzugeben.

Eine Zwiebel hacken. In einer Schüssel die Zwiebel mit dem Hackfleisch, getrockneter Pfefferminze, einem Drittel der gehackten Walnüsse und Salz gut mischen und kneten.

Iran (Persien) – Die Rezepte

Anschließend zu kleinen Bällchen rollen und in einer Pfanne mit etwas Öl anbraten. Die Bällchen in den Topf einrühren und bei schwacher Wärmezufuhr kochen.

Die restlichen 2 Zwiebeln klein würfeln, in einer Pfanne in Butter goldbraun dünsten. Mehl hinzugeben und kurz anrösten lassen. Die restlichen Walnüsse hinzufügen und eine weitere Minute andünsten. 1 Liter kochendes Wasser hinzugeben und gut umrühren. Den Inhalt in den Topf geben und vermischen. Den Joghurt mit der Suppe vermischen und für ca. 2-3 Minuten aufkochen lassen. Mit Fladenbrot servieren.

Khoreshte Karafs

Sellerie-Lamm-Eintopf

Zutaten (für 4 Portionen):

250 g Lammfleisch ohne Knochen
2 kleine Zwiebeln
1 TL Kurkuma
1 Msp. Safran
2 EL Limettensaft (Alternativ Zitronensaft)
1 Staudensellerie
3 EL getrocknete Minze (z.B. ägyptische Nana-Minze)
3 EL getrocknete Petersilie
2 EL Öl zum Braten
1 EL Stärkemehl (Kartoffelstärke)
Salz und Pfeffer nach Geschmack

Iran (Persien) – Die Rezepte

Zubereitung:

Safran in ganz wenig heißem Wasser auflösen und zur Seite stellen. Zwiebel fein hacken, Lammfleisch in Würfel schneiden und zusammen mit dem Kurkuma in heißem Öl anbraten. Danach Petersilie und Pfefferminze dazu geben und gut anrösten (dabei aufpassen, dass die Kräuter nicht anbrennen). Mit Wasser ablöschen und auf kleiner Hitze köcheln.

Den Stangensellerie in Stücke zu 5 cm schneiden und anrösten. Selleriestücke zum gekochten Fleisch geben und mit garen. Der Sellerie sollte dabei noch Biss haben.

Limettensaft und Safran zum Eintopf geben und mit Salz und Pfeffer abschmecken. Kartoffelstärke in kaltem Wasser verrühren und den Eintopf damit binden. Sobald die Flüssigkeit glasig aussieht, den Eintopf sofort vom Feuer nehmen und mit geröstetem (Fladen-)brot servieren.

***

Irak und Syrien – Die Geschichten

Der Eseltreiber und die zwei Diebe (Irak)

„Die Mutter des Schwachkopfes ist immer schwanger", sagt ein Sprichwort – was in dieser kleinen Geschichte doch zum guten Ende führt …

Einst lebte ein Eseltreiber in der Nähe einer kleinen Stadt nicht weit entfernt von Bagdad. Dieser Eseltreiber hatte einen einzigen Esel. Und er war nicht gut zu seinem Esel. Wenn der Esel einmal nicht mehr konnte und stehen blieb, dann ließ der Eseltreiber ihn die Gerte spüren. Nun war der Esel alt geworden und in die Jahre gekommen und er taugte nicht mehr recht zur Arbeit. Da beschloss der Eseltreiber in die Stadt zu gehen, den Esel zu verkaufen und sich einen neuen Esel zu kaufen. Er machte sich auf den Weg und wanderte den ganzen Vormittag. Weil es nun aber in diesen Gegenden zur Mittagszeit sehr heiß war, wurde der Eseltreiber müde. In einem kleinen Wäldchen wollte er im kühlen Schatten ein wenig ausruhen.

Er nahm ein Seil, band es an das Zaumzeug des Esels und den Esel band er an einen Baum. Das sahen nun zwei Diebe. Und sie dachten bei sich: „Dieser Esel ist zwar alt, aber irgendjemand wird schon etwas mit ihm anzufangen wissen. Und sei es auch nur, dass er Salami aus ihm macht. Dieser Esel würde uns eine schöne Stange Geld bringen." Sie beratschlagten sich und dann hatten sie eine Idee. Als der alte Eseltreiber eingeschlafen war, ging einer der Diebe zu dem Esel, befreite ihn von dem Zaumzeug, legte ihm einen Strick um den Hals und den Strick mit dem Esel gab er seinem Komplizen. Dann legte er sich selber das Zaumzeug an. Als nun der alte Eseltreiber erwachte, wollte er weitergehen. Da band er, ohne genauer hinzusehen, den Strick vom Baum und machte sich auf den Weg. Doch er war noch nicht lange gewandert, da blieb sein

Irak und Syrien – Die Geschichten

Esel stehen. Er begann zu schimpfen. Und als er sich schließlich umdrehte, was war da in seinem Zaumzeug? Ein wunderschöner junger Mann! Der Eseltreiber erschrak: „Was machst du denn hier? Solltest du nicht ein Esel sein?" Da begann der junge Mann zu jammern: „Auch ich war einmal ein Mensch, so wie du. Und ich hatte auch einen Esel. Aber ich war nicht gut zu dem Esel. Da hat Allah mich zur Strafe selber in einen Esel verwandelt. Und dann musste ich zehn Jahre lang arbeiten, bevor ich meine menschliche Gestalt wiedererlangen konnte. Und ich bekam immer wieder den Stock zu spüren. Doch gerade heute ist der Tag gekommen, da meine Strafe vorüber ist." Das dauerte den alten Eseltreiber. Und er schämte sich, seinen Esel so schlecht behandelt zu haben. Da sprach er: „Auch ich habe dich schlecht behandelt und dich den Stock spüren lassen. Nimm nun dieses Geld als meine Buße und meine Entschuldigung." Und er gab dem jungen Mann einen Sack voll Gold und befreite ihn aus dem Zaumzeug. Der junge Mann lief sofort in die Stadt, wo sein Komplize mittlerweile den Esel verkauft hatte. Und mit dem Geld, das er von dem alten Eseltreiber erhalten hatte, besaßen sie jetzt zwei Säcke voller Gold. Und von diesem Gold konnten sie lange gut leben.

Der alte Eseltreiber aber kam wenig später ebenfalls in die Stadt. Und er traute seinen Augen nicht. Stand da doch sein alter Esel. Er erkannte ihn sofort an dem Brandmal auf dem Rücken. Dann trat er zu dem Esel und sprach: „Ach mein armer Freund! Nur so kurz war es dir vergönnt, wieder ein Mensch zu sein. Aber ich will dich mitnehmen. Und fortan soll es dir bei mir gut gehen." So kaufte er seinen Esel zurück, führte ihn nach Hause und fortan erging es dem Esel bei dem alten Eseltreiber wunderbar und alle waren glücklich bis ans Ende ihrer Tage.

Irak und Syrien – Die Geschichten

Die singende Rose (Irak)

Dieses große Märchen ist weit gereist. Ich habe für diese Sammlung die Version aus dem Irak ausgewählt. Eine andere Version habe ich von Micaela Sauber gehört, die ihre Version aus Gaza hat.

Es ist nun schon sehr lange her, da lebte in einem fernen Land ein mächtiger König. Und dieser König war weise. Er wusste, dass es wichtig ist, zu wissen, was im Lande geschieht und wie es den Leuten geht. Darum verkleidete er sich des Öfteren und mischte sich unter das Volk in der Stadt. Eines Tages beschloss er wieder einmal in die Stadt zu gehen. Da rief er seinen Wesir und sprach: „Lass uns in die Stadt gehen und sehen, wie es um die Basare, die Badehäuser, die Teestuben und alles andere bestellt ist." Der Wesir war einverstanden. So verkleideten sich die beiden als Derwische und gingen in die Stadt. Nun war es an diesem Tage schon sehr spät. Die Stadt schlief bereits und alle Fenster waren dunkel. Schließlich kamen sie an einem Haus vorbei, in dem noch eine Petroleumlampe brannte. Sie stellten sich vor das Fenster und lauschten. Sie vernahmen die Stimmen von drei Frauen.

Die erste sprach: „Wenn der König mich heiratet, dann bereite ich ihm eine Pastete zu, die groß genug ist, ihn und sein ganzes Heer satt zu machen." Die zweite entgegnete: „Wenn der König mich heiratet, dann mache ich ihm ein Zelt, das groß genug ist, ihn und sein ganzes Heer zu beherbergen." Dann verging eine Weile. Stille. Und dann vernahmen sie die Stimme einer dritten Frau: „Wenn der König mich heiratet, dann schenke ich ihm zwei Kinder. Ein Mädchen und einen Jungen. Sie werden abwechselnd ein goldenes und ein silbernes Haar haben. Und wenn sie weinen, dann donnert und regnet es.

Irak und Syrien – Die Geschichten

Wenn Sie aber lachen, dann erscheinen Mond und Sonne gemeinsam am Himmel." Der König lauschte aufmerksam. Nach einer Weile beendeten er und sein Wesir den Rundgang und kehrten zurück in den Palast.

Am nächsten Morgen ließ der König die drei Schwestern in den Palast kommen. Und er heiratete alle drei gleichzeitig. Er ließ drei Heiratsurkunden ausstellen. Die erste Nacht verbrachte er mit der ältesten Schwester. Und am nächsten Morgen fragte er sie: „Und? Wo ist nun die Pastete, die groß genug ist, um mich und mein ganzes Heer satt zu machen?" Da musste die Frau lachen. Und dann sprach sie: „Ach mein König, die Fäden der Nacht sind wie Butter. Sobald die Sonne herauskommt schmelzen sie dahin." Dann verbrachte der König die nächste Nacht mit der mittleren Schwester. Und am nächsten Morgen fragte er sie: „Und? Wo ist nun das Zelt, das groß genug ist, um mich und mein ganzes Heer zu beherbergen?" Betretenes Schweigen. Und dann sprach die mittlere der drei Schwestern: „Ach mein König, das war nur so ein Bild, das mir gerade in den Sinn kam." Da schickte der König die zwei Schwestern in die Küche und befahl ihnen, dort mit den Sklaven zu arbeiten. Die dritte Nacht verbrachte der König mit der jüngsten Schwester. Und wie bei den anderen fragte er am Morgen: „Und? Wo sind denn nun die Kinder mit dem goldenen und dem silbernen Haar?" Da musste auch die jüngste Schwester lachen. „Oh mein Gebieter, ihr müsst schon ein wenig Geduld haben. Wartet mit mir neun Monate und neun Minuten ..." Dann wurde die jüngste Tochter schwanger und es vergingen fast neun Monate. Am Tage vor der Niederkunft ließ der König die Hebamme kommen.

Nun wäre es ein Fehler, zu glauben, dass alte Hebammen immer gütig und weise sind. Diese hier war geldgierig und würde eine Fliege für einen Dinar häuten, wie man so sagt.

Irak und Syrien – Die Geschichten

Und wie steht es mit der Geschwisterliebe? Die beiden älteren Schwestern, die die ganze Zeit hart in der Küche arbeiten mussten, waren eifersüchtig auf ihre kleinste Schwester. So gingen sie zu der alten Hebamme und sprachen: „Wie viel hat dir der König für die Geburt versprochen?" „Zwei Dinar." Sprachen die Schwestern: „Das ist nicht gerade viel. Das ist gerade wenig genug. Wir wollen dir vier Dinar geben, wenn du tust was, wir dir sagen. Nimm diese Kiste mit zwei jungen, blinden Hunden. Und wenn unsere Schwester einen Jungen und ein Mädchen gebiert, dann nimm' sie ihr weg und lege an ihrer statt diese zwei Hunde auf ihr Lager. Die Kinder tue' in die Kiste, trage sie fort und bringe sie um. Willst du das tun?" Die Hebamme, die sich auf die vier Dinare freute, sprach: „Aber gerne will ich das tun." Da gaben ihr die Schwestern vier Dinare und die Kiste mit den beiden jungen Hunden. Und sie sprachen zum Abschied: „Wenn du unser Geld nimmst, ohne zu tun, was wir dir auftragen, dann sollen dir die Augen aus dem Kopf fallen und dein Haus soll brennen." Die Hebamme steckte die vier Dinare in ihrer Tasche, klemmte sich die Kiste mit den jungen Hunden unter den Arm und machte sich auf den Weg zum Palast.

Am nächsten Tag gebar die jüngste Schwester, wie sie es versprochen hatte, ein Mädchen und einen Jungen mit abwechselnd goldenem und silbernem Haar. Die alte Hebamme nahm die Kinder und steckte sie in die Kiste. Und statt der Kinder brachte sie die beiden jungen, blinden Hunde zum König. Sie trat vor den König und sprach: „Mein Gebieter, ich traue mich kaum, es zu sagen." „Sprich Frau. Dir sei von vornherein Vergebung zugesichert." Da stammelte die Alte: „Diese Frau ... diese Frau hat ... sie hat zwei junge, blinde Hunde geboren." Da wurde der König aber zornig!

Irak und Syrien – Die Geschichten

Er rief seine Sklaven und befahl: „Nehmt meine jüngste Frau. Bestreicht sie von oben bis unten mit Pech und bindet sie an der Treppe fest. Und jeder, der vorbeikommt, soll auf sie spucken." Die Hebamme aber nahm die Kiste mit den beiden Kindern, trug sie aus dem Palast fort und warf sie in den Fluss.

Ein Stück den Fluss hinab war ein Fischer. Dieser Fischer angelte. Und siehe da, was zog er mit seiner Angel an Land? Die Kiste! Der Fischer zog die Kiste ans Ufer und trug sie heim. Zuhause sprach er zu seiner Frau: „Ich mache mit dir einen Vertrag. Wenn diese Kiste mit Gold und Silber gefüllt ist, so gehört sie mir. Befindet sich darin aber Schmuck, so soll sie dir gehören." Die Frau erwiderte: „Ich bin mit allem einverstanden." Als sie nun aber die Kiste öffneten, fanden sie darin zwei außergewöhnlich schöne Kinder. Der kleine Junge hatte seinen Finger in den Mund des Mädchens gesteckt. Und das Mädchen hatte ihren Finger in den Mund des Jungen gesteckt. Und beide saugten vergnügt am Finger des anderen. Tief entzückt rief die Frau: „Möge Allah meine Brüste mit Milch füllen!" Und Allah erhörte sie. Behutsam nahm sie die Kinder aus der Kiste. Und dann zogen sie die beiden Kinder auf, als wären es ihre eigenen und besser.

Die Kinder wuchsen heran. Als sie etwa 14 Jahre alt waren, fing der Fischer eines Tages zwei wunderschöne, weiße Fische. Da sprach der Knabe: „Vater, diese Fische sind so wunderschön. Ich werde sie auf dem Basar verkaufen oder aber dem König schenken." Sprach's, nahm die Fische und ging zum Basar. Es roch herrlich nach allerlei Gewürzen und Kräutern und edlen Speisen. Der Knabe setzte sich auf den Basar und bot seine Fische feil. Die Leute waren voller Bewunderung. Sie bewunderten entweder die schönen Fische oder den schönen Knaben oder beides. Da kam, wie sollte es anders sein, der König in prachtvollem Ornat.

Irak und Syrien – Die Geschichten

Er sah die Fische, er sah den prächtigen jungen Burschen und fragte: „Mein Sohn, zu welchem Preis verkaufst du diese Fische?" Der Junge erwiderte: „Dir, mein König, mache ich sie zum Geschenk." Da freute sich der König sehr und lud den Jungen zu sich auf das Schloss ein. Gern ging der Junge mit und als sie auf dem Schloss angekommen waren, fragte der König: „Wie heißt du, mein Junge?" „Ich heiße Mohammed. Ich bin der Sohn des Fischers, der auf der Insel lebt." Da sprach der König: „Ich gebe dir drei Dinar. Gehe nun zurück zu deinem Vater und gibt ihm dieses Geld. Und morgen komme wieder hierher."

Der Junge ging heim zu seinem Vater und brachte ihm die drei Dinar. Der Vater hatte in der Zwischenzeit ein großes Netz voller Fische gefangen. Am nächsten Tag nahm der Junge die Fische und trug sie wieder zum Palast. Der König freute sich sehr. Er bat den Jungen in den Garten. Dort saßen sie und der König war voller Bewunderung für den schönen, jungen Knaben. Sein Herz wurde warm von dieser Bewunderung. Der König blieb zwei Stunden mit dem Knaben zusammen. Dann schenkte er ihm ein Pferd aus seinem Marstall, damit der Junge ihn jederzeit ohne Mühe besuchen konnte. Der Junge ritt stolz nach Hause. Von jetzt an kam er jeden Tag in den Palast. Er saß mit dem König im Garten. Die beiden unterhielten sich. Der König ergötzte sich nicht mehr an den Springbrunnen, aus denen allerlei exotische Tiere und Vögel Wasser in das marmorne Becken spien. Er ergötzte sich an der Schönheit des Jungen.

Jetzt geschah es aber, dass die älteste der Schwestern den Jungen im Garten sah und erkannte. Er ließ die alte Hebamme kommen und sprach: „Ich hatte dir befohlen, diese Kinder zu töten. Doch sie leben noch unter der Sonne." Die Alte sprach: „Habt Geduld mit mir, gebt mir drei Tage Zeit.

Irak und Syrien – Die Geschichten

Nach drei Tagen werden die Kinder nicht mehr auf dieser Erde weilen." Dann ging die alte Hebamme heim. Sie nahm einen Krug und schlug mit der Reitgerte auf den Krug ein. Der Krug erhob sich in die Lüfte und flog auf die Insel. Die Alte ging zur Schwester Mohammeds, die vor der Hütte mit einer Handarbeit saß. Dort sprach sie: „Mein Mädchen, warum bist du so alleine? Sag deinem Bruder Mohammed, dass er dir die singende Rose der Arab Sandique holen soll. Sie wird dir singen und dich unterhalten. So wird es dir nicht mehr langweilig." Nachdem sie diese Worte gesprochen hatte, setzte sie sich auf ihren Krug verschwand.

Als Mohammed nach Hause kam, fand er seine Schwester traurig. Es fragte Mohammed: „Warum bist du traurig, meine Schwester?" „Ich möchte, dass du mir die singende Rose der Arab Sandique holst. Sie soll mir singen und mich unterhalten, wenn du nicht da bist und ich ganz alleine bin", erwiderte sie. „Ich bin zu deinen Diensten", sprach Mohammed. Dann setzte er sich auf sein Pferd und ritt davon.

Mohammed war schon eine Weile geritten, da traf er auf eine Menschenfresserin. Sie hatte ihm den Rücken zugedreht und mahlte Korn zu Mehl. Während der Arbeit hatte sie ihre riesigen Brüste über die Schultern auf den Rücken geworfen. Mohammed stieg vom Pferd und trat von hinten an sie heran. Dann saugte er zuerst an ihrer linken und dann an ihrer rechten Brust. Jetzt erst näherte er sich ihr vorne und grüßte sie: „Friede sei mit dir, Mutter Menschenfresserin." Die Alte erwiderte seinen Gruß und sprach: „Wenn du nicht an meinen Brüsten gesaugt hättest, bevor du mich begrüßt hast, hätte ich dich mit Haut und Haaren verschlungen. So aber sage mir, Mohammed, wohin du gehst." Und Mohamed sprach: „Ich suche die singende Rose der Arab Sandique." Da sprach die

Irak und Syrien – Die Geschichten

Alte: „Reite und reite und reite bis du zu einem großen Palast kommst. Vor dem Palast findest du einen Hund und ein Zicklein, die beide angebunden sind. Vor dem Zicklein findest du ein Stück Fleisch. Vor dem Hund findest du Klee. Nimm das Fleisch und gib es dem Hund. Und den Klee gib dem Zicklein. Dann öffnet sich das Tor und du kannst eintreten. Gehe in den Garten und pflücke die Rose. Und wenn du sie gepflückt hast, dann verlasse den Garten so schnell du kannst. Vor allem aber dreh dich nicht um und sieh nicht zurück. Denn wenn du dich drehst und zurückschaust, dann wirst du in ein Stück Stein verwandelt, wie so viele Jünglinge vor dir, die versucht haben, die singende Rose der Arab Sandique zu erlangen." So schwang sich Mohammed wieder auf sein Pferd und ritt los.

Mohammed war noch gar nicht lange geritten, da kam er zu dem Palast. Und siehe da, vor dem Palast waren tatsächlich der Hund und die Ziege. Da tat Mohammed, wie ihn die alte Menschenfresserin geheißen hatte. Das Tor öffnete sich und Mohammed trat in einen wundervollen, paradiesischen Garten. Er aber hatte nur Augen für die Rose. Er schritt durch den Garten zu der Rose, pflückte sie und verließ den Garten ohne zu verweilen oder sich auch nur ein einziges Mal umzuschauen. Dann ritt er zurück zu der Insel und überbrachte seiner Schwester die Rose.

Am nächsten Tag ritt Mohammed wieder zum König. Sie gingen in den Garten und setzten sich gemeinsam nieder. Sie betrachteten die Blumen und die Bäume. Und sie atmeten den Duft ein. Das sah die Frau des Königs, die älteste der drei Schwestern. Und wieder ließ sie die Hebamme kommen. Sie schlug auf die Alte ein und schimpfte: „Willst du dich über mich lustig machen? Hast du nicht gesagt, nach drei Tagen sind die beiden von der Erde verschwunden?"

Irak und Syrien – Die Geschichten

„Geduldet euch noch drei Tage mit mir. Dann werden die beiden endgültig verschwunden sein." Dann stieg die Alte wieder auf ihren verzauberten Krug und ritt zur Insel. Sie ging zu dem Mädchen und fragte: „Na? Hat dir dein Bruder die Rose gebracht?" „Ja, Mohammed hat mir die Rose gebracht." Doch dann fuhr sie enttäuscht fort: „Aber sie singt nicht!" Da erwiderte die alte Hexe: „Ich vergaß, dir zu sagen, dass die Rose nur vor ihrem Spiegel singt." Mit diesen Worten verschwand die Alte. Sie setzte sich auf ihren Krug und flog davon. Am nächsten Tag ritt Mohammed wieder zu der Insel und fand seine Schwester betrübt. Als er sie nach dem Grund für ihre Betrübnis fragte, antwortete sie: „Ich wünsche mir so sehr den Spiegel zur Rose." Mohammed sprach: "Ich stehe unter deinem Befehl, meine Schwester. Ich werde dir den Spiegel zur Rose wohl besorgen." Mit diesen Worten stieg er auf sein Pferd und ritt davon. Wieder ritt er durch die endlose Wüste, bis er zu der Menschenfresserin kam.

Wieder saugte Mohammed zuerst an den Brüsten und begrüßte die alte Menschenfresserin dann freundlich. Und als sie ihn fragte, wohin er wolle, da sprach er: „Meine Schwester wünscht sich den Spiegel zur singenden Rose." Da riet die Alte ihm: „Reite wieder zu dem Palast. Tue, was ich dir das erste Mal gesagt habe. Gehe den Hauptweg entlang bis zum Palast. Dort angekommen findest du eine marmorne Treppe. Gehe die Treppe hinauf und betritt den Palast. Im ersten Zimmer auf der rechten Seite findest du den Spiegel. Nimm ihn von der Wand und verlasse den Palast. Durchquere den Garten, ohne dich auch nur einmal umzusehen. Und wenn die Erde bebt, bleibe standhaft. Sonst bist du umsonst dorthin geritten wie viele andere vor dir." Mohammed ritt wieder den Weg entlang zum Palast. Dort angekommen, fütterte er wieder den Hund und das Zicklein. Dann ging er geradewegs durch den Garten zum Palast und siehe da, er fand die marmorne Treppe.

Irak und Syrien – Die Geschichten

Er ging die Treppe hinauf, das Portal zum Palast öffnete sich, er trat ein, ging in das Zimmer und nahm den Spiegel von der Wand Dann machte er sich auf den Rückweg und als die Erde bebte, machte er sein Herz hart wie Stein und ging weiter, ohne sich auch nur ein einziges Mal umzudrehen. Unversehrt brachte er den Spiegel zu seiner Schwester. Da freute sich seine Schwester aber. Sie stellte den Spiegel gegenüber von der Rose auf. Aber ... die Rose blieb stumm. Jetzt war Mohammeds Schwester tief enttäuscht. Mohammed aber ging zurück zum Königspalast. Und als er zum König zurückkam, wurde er von diesem freundlich empfangen.

Dann sprach der König: „Mohammed, du darfst nicht so lange ausbleiben. Weißt du nicht, wie sehr ich dich vermisse?" „Ich war mit meinem Vater auf Reisen, doch jetzt bin ich zurückgekehrt." Dann nahm der König Mohammed bei der Hand und beide gingen in den Garten des Schlosses. Und wieder sah die älteste der drei Schwestern den König mit Mohammed. Da ließ sie die alte Hebamme kommen, schlug sie und schrie: „Meine Geduld ist nun zu Ende! Du willst mich für dumm verkaufen!" Und dann schlug und prügelte sie auf die Alte ein. „Allah soll deine Augen verbrennen. Verbirg dich von mir, sonst steinige ich dich auf der Stelle!" „Habt Erbarmen mit mir. Habt Geduld mit mir und gebt mir noch drei Tage, dann ist es endgültig vorbei mit den beiden." Jetzt ritt die Alte wieder auf ihrem Krug zur Schwester Mohammeds. Dort fragte sie freundlich: „Na? Hat dein Bruder dir den Spiegel gebracht?" Das Mädchen aber antwortete ärgerlich: „Ja, schon, aber die Rose singt trotzdem nicht." Da flüsterte die Alte ihr ins Ohr: „Ach, das tut mir leid. Ich vergaß, zu erwähnen, dass die Rose nur in Anwesenheit ihrer Herrin, der Arab Sandique, singt." Dann verließ sie das Mädchen und ritt auf ihrem verzauberten Krug zurück zum Palast des Königs.

Irak und Syrien – Die Geschichten

Als Mohammed wieder zu seiner Schwester kam, fand er sie ärgerlich. Er fragte: „Worüber ärgerst du dich so?" Sie antwortete: „Ich möchte Arab Sandique. Ich möchte, dass die Herrin der Rose und des Spiegels kommt. Die Rose soll endlich singen und mich unterhalten, wenn ich alleine bin." Wieder bot Mohammed sich an, ihr zu Diensten zu sein und dann ritt er wieder zu der Menschenfresserin in der Wüste.

Wieder begrüßte Mohammed sie freundlich und fragte: „Wie geht es dir, Mutter Menschenfresserin?" „Was willst du denn schon wieder, Mohammed?" „Ich suche Arab Sandique." „Wenn dir dein Leben lieb ist, Mohammed, dann gehe wieder zurück!" warnte die Menschenfresserin. „So viele sind schon ausgezogen, um Arab Sandique zu gewinnen. Aber keiner ist jemals zurückgekehrt. Sie hat sie alle in Steine verwandelt. Es ist zu schade um dein junges Leben." „Lasst das nur meine Sorge sein. Ich weiß, was ich tue. Allah wird mein Leben schützen". Die Menschenfresserin schien nicht recht überzeugt, aber sie sprach zu Mohammed: „Reite zur Westseite des Palastes. Dort findest du ein Fenster. Reite mit deinem Pferd so dicht es geht an die Mauer. Und wenn du direkt unter dem Fenster stehst, dann rufe die Arab Sandique." Mohammed ritt den bekannten Weg und kam schließlich zur Westseite des Palastes. Auf der Westseite des Palastes ritt Mohammed so dicht es ging an die Mauer, wie es ihm die alte Menschenfresserin geraten hat. Und wie er die Mauer hinaufsah, war dort oben tatsächlich ein Fenster und das war geöffnet. Da rief Mohammed mit lauter Stimme: „Komm herunter, Arab Sandique!" Da erschien in dem Fenster das wunderschöne Gesicht der Arab Sandique. Sie befahl mit fester Stimme: „Hinfort mit dir! Mach, dass du verschwindest, Jüngling!" Da spürte Mohammed wie die Hälfte seines Pferdes zu Stein wurde. Ungerührt rief Mohammed: „Komm herunter, Arab Sandique!"

Irak und Syrien – Die Geschichten

Sie aber entgegnete ungehalten: „Ich sage dir, reite hinfort Jüngling!" Da spürte Mohammed, wie das ganze Pferd unter ihm zu Stein erstarrte. Mohammed aber rief nur noch lauter: „Komm herunter, Arab Sandique!" Dann neigte sie sich aus dem Fenster. Und dabei fielen ihre langen Haare bis auf den Boden. Mohammed nutzte die Gelegenheit, ergriff ihre Haare, wickelte sie um sein Handgelenk und zog die Arab Sandique aus dem Fenster. Da sprach sie zu ihm: „Du bist mir vom Schicksal bestimmt, Mohammed. Beim Leben deines Vaters, des Königs, lasse jetzt meine Haare los." Mohammed aber antwortete: „Mein Vater ist kein König, mein Vater ist ein Fischer." „Nein", sprach Arab Sandique. „Dein Vater ist ein König. Später einmal werde ich ihr deine Geschichte erzählen." Da drohte Mohammed: „Ich lasse deine Haare nicht eher frei, als dass du alle Figuren aus Stein wieder zum Leben erweckt hast." Dann machte sie ein Zeichen mit ihrer rechten Hand und die Figuren aus Stein erwachten zu neuem Leben. Einige von ihnen wollten sich auf Arab Sandique stürzen und sie entführen. Die andern aber riefen: „Nein, er hat uns das Leben wiedergegeben. Wollte ihn dafür bestrafen und ihm Arab Sandique entführen?" Da ließen diejenigen, die Arab Sandique entführen wollten von ihrem Vorhaben ab. Und dann ritten alle froh und glücklich davon.

Arab Sandique führte Mohammed in den Palast. Sie ließ ihn auf einem Ehrenplatz aus Alabaster mit den weichsten Kissen Platz zu nehmen. Ihre Dienerinnen, Monden gleich, spielten auf Flöten und Lauten. Sie brachten die edelsten Speisen, den besten Wein und den würzigsten Mokka. Die Luft war geschwängert von süßem Räucherwerk. Dann befahl Arab Sandique ihren Dienerinnen auf der Fischerinsel einen Palast wie den ihrigen zu bauen. Als der Bau beendet war, zog sie mit Mohammed dort ein. Eines Tages sagte sie zu Mohammed: „Geh zum König.

Irak und Syrien – Die Geschichten

Und wenn er dich fragt, wo du so lange gewesen bist, dann sage ihnen, du hättest unserer Hochzeit vorbereitet. Lade ihn und seine ganze Armee zu uns ein."

Der König sah Mohamed von weitem. Er lief ihm entgegen und rief: „Du bist zurückgekehrt, oh Mohammed. Mit deiner Rückkehr ist die Sonne aufgegangen." Da lud Mohammed ihn, wie die Arab Sandique ihn geheißen hatte, zu seiner Hochzeit ein. Der König lief zu seinem Wesir und sprach: „Dieser Jüngling ist der Sohn eines Fischers und er lädt uns und die ganze Armee zu seiner Hochzeit ein!" Der Wesir entgegnete: „Deine Liebe zu Mohammed gebietet dir, seine Einladung anzunehmen. Befiel den Soldaten sie sollen sich bereit machen für die Reise und Vorräte für acht Tage mitnehmen. Und auch wir wollen Vorräte für eine Woche mitnehmen." Als alles bereitet war, machte sich der Tross auf den Weg zur Insel des Fischers. Als sie dort angekommen waren, fanden sie staunend eine große Menge weißer Zelte vor, die dort für das Heer aufgebaut waren. Und es gab ein herrliches rotes Zelt für den König. Dann wurde das Essen aufgetragen. Es gab Ochsen und Kälber und Hammel in unendlicher Zahl. Die erlesensten Gemüse, das feinste Obst und herrliche Kuchen und dazu den süßesten Wein. Die Soldaten sprachen: „So wie hier haben wir noch nie gegessen. Hier würden wir gerne für immer bleiben." Sie blieben 40 Tage und 40 Nächte bis die Hochzeit zu Ende war.

Der ganze Tross zog zurück ins Schloss. Als sie zu Hause angekommen waren, sprach der König zu seinem Wesir: „Wir werden Arab Sandique hierher zu uns einladen und sie so empfangen, wie sie uns empfangen hat." Dann schickten sie der Arab Sandique und Mohammed ihre Einladung. Arab Sandique schickte ihre Soldaten voran. Sie sollten beim König die Ankunft ihrer Familie ankündigen. Die ganze Stadt war angefüllt mit den Soldaten der Arab Sandique.

Irak und Syrien – Die Geschichten

Der König hatte nicht genug Unterbringungsmöglichkeiten für so viele Soldaten und so schickte er sie zu den Bauern in der Umgebung. Und dann kamen Arab Sandique, Mohammed, seine Schwester, der Fischer und seine Frau. Sie betraten den Palast. Und als Arab Sandique an der Treppe vorbeikam, da sah sie die Mutter Mohammeds, die noch immer mit Pech bedeckt dort angekettet war. Sie verhüllte die Mutter Mohammeds mit einem Seidentuch. Die Diener aber sprachen: „Es ist jedem, der sie sieht, befohlen, auf sie zu spucken."

Die Diener kündigten dem König die Ankunft der Arab Sandique an. Und sie berichteten: „Diese Dame hat diejenige, die an der Treppe angekettet ist, nicht bespuckt. Sie hat sie mit einem seidenen Schal bedeckt." Der König begrüßte die Arab Sandique und fragte: „Warum hast du das getan?" Die Arab Sandique antwortete: "Befiel deinen Dienern, sie loszuketten und ins Bad zu bringen. Sie soll mit erlesenen Seifen und Ölen gereinigt werden und sie soll in königliche Gewänder gehüllt werden. Dann erzähle ich dir ihre Geschichte." Der König gab den Befehl an seine Diener weiter. Und als Mohammeds Mutter eingehüllt in königliche Gewänder und herrlich nach zarten, frischen Rosen duftend in den Diwan geführt wurde, sprach der König: „Nun, Arab Sandique, erzähle uns ihre Geschichte!"

Sie begann: „Hör zu, mein König! Höre, was dieser Fischer hier zu berichten hat." Und dann fragte sie den Fischer: „Hat deine Frau diese beiden Kinder zusammen oder jedes für sich geboren?" Der Fischer antwortete: „Meine Frau und ich wir haben keine eigenen Kinder. Eines Tages kam eine Kiste den Fluss hinab. Und in dieser Kiste fanden wir diese beiden Kinder. Meine Frau und ich haben sie aufgezogen, als wären es unsere eigenen Kinder." Als der Fischer geendet hatte, fragte der König seine jüngste Frau: „Sind das deine Kinder?"

Irak und Syrien – Die Geschichten

Sie antwortete: „Wenn ihre Haare abwechselnd golden und silbern sind, so sind es meine Kinder. Bitte sie, ihre Häupter zu entblößen!" So befahl es der König und siehe da, ihre Haare waren abwechselnd golden und silbern. Der König fragte noch einmal: „Sind das unsere Kinder?" Sie erwiderte: „Sagt Ihnen, sie sollen weinen! Wenn es gleichzeitig donnert und blitzt, dann sind es unsere Kinder." Der König befahl es, die beiden begannen zu weinen und es begann zu donnern und blitzen. Ergriffen fragte der König noch einmal: „Sind das wirklich unsere Kinder?" Sie erwiderte: „Sagt ihnen, sie sollen lachen! Wenn dann gleichzeitig die Sonne lacht und der Mond scheint, dann sind es wirklich unsere Kinder." Der König befahl es und die Kinder lachten. Und siehe da, die Wolken verzogen sich und die Sonne lachte aus einem strahlend blauen Himmel und der Mond schien vom Himmel. Da sprach die jüngste Frau: „Ja, das sind meine Kinder. Ich habe sie geboren."

So machte der König schließlich den Fischer zu seinem zweiten Wesir. Und er ordnete ein 40-tägiges Fest zu Ehren seiner jüngsten Frau an. Es gab ein herrliches, großes Fest. Die ganze Stadt war angefüllt mit Menschen. Am letzten Tag dann wurden die eifersüchtigen Schwestern und die alte Hebamme zur Strafe für ihre bösen Taten verbrannt. Der König lebte fortan in Glück Eintracht und Zufriedenheit mit seiner jüngsten Frau und ihren Kindern. Meine Geschichte habe ich erzählt und ich lege sie in deinen Busen.

Irak und Syrien – Die Geschichten

Der Mäusevertilger (Syrien)

Diese Geschichte stammt aus dem Syrischen Dorf Malula. Das erste Mal bin ich auf diese Geschichte in Rafik Schamis „Geschichten aus Malula" gestoßen. Die Ursprungsversion wurde im späten 19. Jahrhundert von Eugen Prym übersetzt und um 1890 in St. Petersburg herausgegeben. Ich habe mich an die Version von Rafik Schami angelehnt, weil mir diese Variante deutlich besser gefällt, als das „Original".

Es war einmal ein Mann, der zog mit seinem Esel durch das Land. Er wanderte von Dorf zu Dorf und verkaufte Öl aus den Schläuchen, die an der Seite des Esels hingen. Eines Tages führten ihn die Pfade, die er wanderte, zu einem Dorf, das weit abgelegen hoch oben in den Bergen lag. Das Dorf lag so abgelegen, dass kaum einmal ein Fremder den Weg dorthin fand. Und so waren die Ölvorräte des Dorfes fast aufgebraucht. Und so freuten sich die Leute in dem Dorf sehr, den Ölverkäufer zu sehen. Und was tut man, wenn ein wichtiger Gast kommt? Man richtet ihm ein großes Festmahl aus!

Der Dorfschulte befahl den Leuten im Dorf, feine Speisen und guten Wein zu bringen. In der Dorfhalle wurde eine große Tafel aufgebaut. Es gab Hammel und allerlei Vögel. Es gab die feinsten Früchte und das zarteste Gemüse. Es gab feine und edle Weine. Und dann sollte ein Fest gefeiert werden mit dem Ölverkäufer als Ehrengast. Doch kaum hatten die Leute aus dem Dorf und der Ölverkäufer Platz genommen, da geschah es! Sie kamen von überall her. Hunderte, tausende, ja abertausende von Mäusen. Und sie machten sich sogleich über die Tafel her und fraßen alles auf, noch bevor auch nur ein einziger der Gäste einen Bissen nehmen konnte.

Irak und Syrien – Die Geschichten

So jammerte der Schulte: „Ach, so ist es immer. Sobald wir auch nur ein wenig mehr als unser karges tägliches Brot auftragen, kommen die kleinen Geister und fressen alles auf." Der Ölverkäufer musste sehr an sich halten, um nicht laut los zu lachen. Es gelang ihm und er sprach mit ruhiger Stimme: „Ich kenne diese kleinen Geister. Es gibt sie nicht nur hier. Es gibt sie fast überall." „Ja wisst ihr denn auch, wie sie heißen?" Der Ölverkäufer entgegnete: „Das weiß ich wohl. Die kleinen Geister heißen Mäuse. Und man kann sie vertilgen. Man benötigt nur einen Mäusevertilger." Der Dorfschulte sprach: „Das ist ja wunderbar!" „Und zufällig weiß ich sogar, wo man einen Mäusevertilger herbekommt. Allein, es ist nicht einfach, einen Mäusevertilger zu erlangen. Aber ich will euch gerne helfen. Was würdet ihr mir denn geben, wenn ich euch einen Mäusevertilger brächte?" Da zog sich der Dorfschulte mit den Dorfältesten zu einer kurzen Beratung zurück. Und als sie fertig waren, sprach der Schulte: „Für einen Mäusevertilger können wir dir 2000 Piaster geben. Mehr haben wir nicht. Aber wer sagt uns, dass es gelingt, die Geister zu vertreiben?" Der Ölverkäufer antwortete: „Ich werde mit dem Mäusevertilger kommen. Und wenn er die Mäuse auffrisst, gebt ihr mir 2000 Piaster. Wenn er nichts tut, dann gebt ihr mir nichts." Der Dorfschulte war einverstanden und so machte sich der Ölverkäufer auf den Weg.

Nach einer Weile kehrte er zurück in das Dorf. Er ließ den Dorfschulten rufen und sprach: „Ich habe für euch einen Mäusevertilger. Nun geht und lasst wieder eine Tafel decken. Und dann lasst uns sehen, was geschieht." Der Dorfschulte tat, was der Ölverkäufer ihm gesagt hatte. Er gebot den Leuten im Dorf, wieder Speisen und Wein herbeizubringen. Und es wurde eine Tafel eingedeckt wie beim ersten Mal.

Irak und Syrien – Die Geschichten

Und auch dieses Mal dauerte es nicht lange, bis sie kamen. Hunderte, Tausende, ja Abertausende Mäuse. Es griff der Ölverkäufer in einen Sack und zog ein Tier hervor. Und dieses Tier machte sich sogleich daran, die Mäuse zu fangen und zu fressen. Und siehe da es dauerte nicht lange, da waren alle Mäuse aufgefressen. Da übergab der Schulte dem Ölverkäufer 2000 Piaster, die er bei den Dorfbewohnern gesammelt hatte. Der Ölverkäufer bedankte sich artig und zog seines Weges.

Nachdem der Ölverkäufer eine Weile herumgezogen war, wollte er wieder nach dem Dorf sehen. Und siehe da, es war zerstört! Der schöne große Baum auf dem Dorfplatz war gefällt. Die Hütten und Häuser des Dorfes waren niedergebrannt. Und die Menschen kampierten auf dem Felde in einfachen Zelten. Jetzt suchte der Ölverkäufer, bis er den Dorfschulten gefunden hatte. Er fragte: „Was ist denn hier geschehen? Was ist denn mit dem Dorf geschehen? Warum kampiert ihr auf dem Felde und warum ist euer Dorf zerstört?"

Nun erzählte der Dorfschulte dem Ölverkäufer, was geschehen war, seit dieser das letzte Mal da war. Er begann: „Als du fort warst, fuhr dein Tier fort, Mäuse zu vertilgen. Als es aber alle Mäuse aufgefressen hatte, da begann es die kleinen Vögel zu jagen und es dauerte nicht lange, bis der Gesang der Vögel verstummte. Dann jagte er die Tauben und fraß sie auf. Und an einem Morgen fand ein Bewohner meines Dorfes gar die Überreste eines toten Huhns! Da haben wir uns gedacht, was, wenn der Mäusevertilger anfängt unsere Hammel und unsere Kühe zu fressen? Da kam einer auf die Idee, wenn der Mäusevertilger auf den Dorfbaum klettert, um zu schlafen, diesen zu fällen. Dann würde er wohl erschlagen werden. Als dann der Mäusevertilger auf den Baum saß, fällten wir diesen - allein er wurde nicht erschlagen. Da dachten wir uns: "Und wenn er alle Hammel und Kühe gefressen hat?

Irak und Syrien – Die Geschichten

Dann beginnt er sicher Jagd auf uns selber zu machen und die Dorfbewohner zu fressen." Da beschlossen wir, alle Häuser des Dorfes anzuzünden und niederzubrennen. Der Mäusevertilger würde sicher Feuer fangen und mit verbrennen. Also nahm ich alle Menschen im Dorf und zog hier hinaus auf das Feld. Hier schlugen wir unser Lager auf und des Nächtens schlich einer ins Dorf und zündete alle Häuser und Hütten an, alleine der Mäusevertilger verbrannte nicht. Und seitdem sitzen wir hier auf dem Feld."

Jetzt sprach der Ölverkäufer: "Was würdet ihr mir denn geben? Was würdet ihr mir geben, wenn ich euch von dem Mäusevertilger befreie?" „Ich glaube, wir könnten noch einmal 2000 Piaster geben." „Einverstanden. Doch einen Hammel müsst ihr mir obendrein geben." Der Dorfschulte erwiderte: „Wenn es denn sein muss, soll es eben sein." Dann erklärte der Ölverkäufer: „Schlachtet mir den Hammel und tragt ihn bei Nacht in das Dorf." Und so geschah es. Der Ölverkäufer aber ging zu seinem Esel und holte eine kleine Phiole mit einer braunen Flüssigkeit. Diese verteilte er über den Leichnam des Hammels. Und dann versteckte er sich. Es dauerte nicht lange, da kam der Mäusevertilger in Erwartung eines prächtigen Mahls. Doch wie er die ersten Bisse genommen hatte, brüllte er noch einmal laut und fiel dann tot um. Da bekam der Ölverkäufer die versprochenen 2000 Piaster. Damit zog er weiter. Die Dorfbewohner bauten die Häuser wieder auf und pflanzten in der Mitte des Dorfes einen neuen Baum. Und der Ölverkäufer? Der zog fortan nur noch durch abgelegene Gebiete. Und in den abgelegenen Dörfern verkaufte er statt seines Öles weiter junge Löwen …

Irak und Syrien – Die Geschichten

Die Frau, die den Himmel betrog (Syrien)

Ja, ja, die listigen, lüsternen Frauen! Sind sie doch dem Manne …
und selbst Gott über, wie diese prickelnde Geschichte zeigt.

Diese Geschichte spielt vor langer Zeit. In einer Stadt irgendwo in Syrien. Wo genau sagt die Geschichte nicht. Es mag Aleppo, Palmyra oder gar Damaskus gewesen sein. Einige sagen sogar, es war in Isfahan, was aber nicht sein kann, denn Isfahan liegt in Persien und das ist viel zu weit weg. In dieser Stadt irgendwo in Syrien hatte vor langer Zeit, ich weiß nicht wann, ein weiser Kalif eine Moschee bauen lassen, die Blaue Moschee. Das Besondere an der Blauen Moschee war ihr offener Innenhof. Denn dort gab es einen Brunnen, der mit Allahs Segen Wahrheit und Lüge erkennen konnte. Wann immer jemand vor den Brunnen trat und befragt wurde, hörte der Brunnen, was der Befragte sprach. War es die Wahrheit, blieb seine Oberfläche glatt wie ein Spiegel. Sprach er aber eine Lüge, so geriet das Wasser in Wallung. Wogen schlugen hoch und das Wasser überschwemmte den ganzen Innenhof. So entlarvte dieser Brunnen den Lügner und entlastete den Wahrhaftigen.

Es lebte in dieser Stadt ein reicher Kaufmann. Der Mann war in die Jahre gekommen. Sein Kopf war kahl und bleich wie eine geschälte Zwiebel. Dieser Kaufmann verliebte sich eines Tages in ein junges Mädchen. Das Mädchen verliebte sich nicht gerade in ihn, aber er war doch ein reicher Mann und eine gute Partie. Und so heirateten der Kaufmann und das junge Mädchen. Das junge Mädchen lebte einigermaßen glücklich und zufrieden im Hause des Kaufmanns. Hin und wieder ging der Kaufmann auf eine Reise, um neue Waren zu kaufen

Irak und Syrien – Die Geschichten

oder seine Waren zu verkaufen. In dieser Zeit kümmerte sich das junge Mädchen um den Haushalt. So lebten die beiden zufrieden zusammen. Der Kaufmann war glücklich, denn er hatte das Mädchen, das er doch liebte, geheiratet. Und das Mädchen war glücklich, weil sie gut versorgt war und ein gutes Leben hatte.

Eines Tages sprach der Kaufmann zu seiner Frau: „Meine liebe Frau, ich werde wieder auf eine Reise gehen. Und diesmal muss ich sehr weit reisen. Bis ins ferne Persien. Ich muss neue Waren holen und meine Waren, die ich hier noch habe, verkaufen. Ich möchte, dass du während dieser Zeit unseren Haushalt gut führst. Ich lasse dir meinen getreuen Diener da, damit er auf dich aufpasst und dir Gesellschaft leistet." Und so machte sich der Kaufmann schließlich auf ins ferne Persien (nicht ohne seine Frau zuvor noch einmal zu ermahnen, während seiner Abwesenheit auch schön brav und anständig zu sein).

Der Kaufmann war gerade ein paar Tage weg, als auf der anderen Straßenseite - direkt gegenüber seinem Haus - ein wunderschöner junger Mann Einzug hielt. Der junge Mann hatte glänzende, schwarze Haare und wunderschöne, braune Mandelaugen. Sein Körper war muskulös und kräftig, seine Haut von einem herrlich bronzefarbenen Ton. Es geschah, was geschehen musste. Eines Tages begegneten sich die Blicke des jungen Mannes und der jungen Frau. Sie blickten über die Straße aus dem Fenster und ihre Blicke trafen sich. Natürlich konnte der junge Mann nicht anders, als den wunderbar verheißungsvollen Blick der jungen Frau hinter ihrem Schleier zu bewundern. Und so kam es, dass sie für eine ganze Weile täglich aus dem Fenster schauten und sich ansahen.

Irak und Syrien – Die Geschichten

Manchmal, in einem unbeobachteten Augenblick, warfen sie sich verstohlen Küsse zu. So ging es eine ganze Weile.

Eines Tages musste der Diener für einen großen Einkauf für lange Zeit auf den Basar gehen. Diese Gelegenheit nutzte die junge Frau. Sie kochte eine herrlich würzige Arnabije. Und dann lud sie den jungen Mann ein. Das ganze Haus duftete herrlich nach frischen Kräutern und Gewürzen. Die beiden saßen zusammen, lachten und aßen. Es geschah das Unausweichliche. Sie verliebten sich unsterblich ineinander, die junge Frau des kahlen Kaufmannes und der junge Mann von gegenüber. Fortan schlich die junge Frau, wann immer sich die Gelegenheit ergab, zu dem jungen Mann. Sie trat aus ihrer Tür auf die Straße, ging ein wenig hier entlang, ein wenig dort entlang und schlüpfte dann in einem unbeobachteten Augenblick in das Haus gegenüber. Aufgefallen ist dies in dem geschäftigen Treiben auf der Straße niemandem. Nur der Diener wunderte sich hin und wieder, wo die junge Frau nun schon wieder abgeblieben war. Aber sie war klug. Und nach ihren Besuchen bei dem jungen Mann von gegenüber ging sie auf den Basar und kaufte ein wenig hiervon, ein wenig davon, vielleicht ein paar Gewürze und ein paar frische Kräuter, die sie mit nach Hause brachte. Und so schöpfte der Diener keinen Verdacht. Wann immer die junge Frau bei dem Mann von gegenüber war, aßen die beiden zusammen, tranken zusammen und lachten zusammen. Was sie sonst noch taten, dazu sagt die Geschichte nichts. Aber man mag es sich wohl denken. Wenn die beiden sich nicht treffen konnten, dann warfen sie sich über die Straße sehnsüchtige Blicke zu. So vergingen die Monate.

Viele Monate zogen ins Land bis eines Tages, siehe da, der kahle Kaufmann wieder vor der Tür stand. Seine Schritte führte ihn geradewegs zu seiner Frau. „Und hast du getan,

Irak und Syrien – Die Geschichten

was ich dir gesagt habe?" „Aber ja, mein Gebieter, was glaubst du?" Er fragte: "Und? warst du auch immer schön brav und anständig?" Und sie log: „Selbstverständlich, mein Gebieter." Damit war der Kaufmann fürs erste zufrieden.

Als aber ein paar Tage vergangen waren, kam der Diener zum Kaufmann. Und der Diener sprach: „Mein Herr und Gebieter. Irgendetwas war merkwürdig mit eurer Frau. Ihr wart eine Weile fort, da begann sie plötzlich, auf den Markt zu gehen. Jeden Tag ging sie auf den Basar und manchmal blieb sie einige Stunden fort. Ich finde dieses Verhalten merkwürdig." Nun freute sich der Kaufmann über die Veränderungen, die in seiner jungen Frau vorgegangen war. Nachdem er ihr beständig mit seinen Liebkosungen nachgestellt hatte und doch nicht das geben konnte, was eine Ehefrau rechtmäßig von ihren Ehegatten erwarten konnte, war sie während seiner Abwesenheit aufgeblüht. Das war sicherlich kein Wunder, bedenkt man, was sie mit dem jungen Mann von gegenüber so getrieben hatte. Jedenfalls sprach der Kaufmann zu seinem Diener: „Warum soll ich meiner Frau misstrauen? Sie hat allen Grund, mir treu zu sein. Bin ich nicht immer liebevoll zu ihr? Und ermögliche ich ihr nicht ein gutes Leben? Also, was soll sie schon tun?" „Mein Herr, es ist und bleibt merkwürdig." Doch der Kaufmann ließ es gut sein. Nach ein paar Tagen jedoch meldeten sich die Zweifel zurück.

Und wie das so ist mit nagenden Zweifeln, sie begannen zu wachsen! Schließlich konnte der Kaufmann nicht einmal mehr arbeiten. Er dachte den ganzen Tag nur noch: „Betrügt sie mich? Ist sie mir treu? War sie wirklich auf dem Basar? War sie bei einem anderen Mann?" Dann ließ er seine junge Frau kommen. Und er fragte sie: „Sag, hast du mich während meiner langen Abwesenheit betrogen? Mein Diener berichtet mir merkwürdige Dinge.

Irak und Syrien – Die Geschichten

Du warst jeden Tag lange Zeit auf dem Basar. Oder warst du bei einem anderen Mann? Ich muss es wissen, für die Ruhe meiner Seele." Da heuchelte die junge Frau Empörung. Sie sprach: „Muss ich nicht als Hausherrin auf den Basar gehen und die Dinge einkaufen, die dein Diener vergessen hat? Jeden Tag fehlte etwas. Mal waren es Kräuter, mal Gewürze. Dann wieder fehlte dieses Gemüse oder jenes Fleisch. Also musste ich auf den Basar gehen, um die Dinge zu kaufen, die dein Diener vergessen hatte." Da sprach der Kaufmann: „Alles, was du sagst, klingt vernünftig. Aber ich muss es dennoch wissen, für den Frieden meiner Seele. Schwörst du, mich nicht betrogen zu haben?" Die junge Frau antwortete: „Ich schwöre bei allem was mir heilig ist, dass ich nie einen anderen Mann außer dir angesehen habe." Der Kaufmann beschloss: „Dann wollen wir in drei Tagen in die Moschee gehen. Schwöre bei dem Heiligen Brunnen und ich will zufrieden sein."

Oh weh, jetzt war die junge Frau wirklich in Nöten. Sie glaubte schon, sie wäre verloren. Sie dachte: „Wenn ich nicht mitgehe, dann wird er glauben, dass ich ihn betrogen habe. Wenn ich vor dem Brunnen lüge, dann wird er überwallen und das Wasser wird mich ersäufen. Und wenn ich die Wahrheit spreche, dann weiß mein Gatte, dass ich ihn betrogen habe und ich werde gesteinigt, so wie es das Gesetz seit Urzeiten vorsieht."

Bald fiel ihr jedoch etwas ein. Sie schrieb einen Zettel und ließ ihn dem jungen Mann von gegenüber heimlich bringen. Auf den Zettel stand geschrieben: „Mein Mann will, dass sich bei der heiligen Quelle schwöre, dass ich ihn niemals betrogen habe. Ich werde verloren sein, es sei denn, du tust genau was ich dir sage. Komme in drei Tagen als Schuster verkleidet zu der Moschee.

Irak und Syrien – Die Geschichten

Besorge dir ein wenig Leder, schönes Schuhwerk, einen Hammer und einen Schemel. Der Schemel kann gerne recht wackelig sein. Und dann warte ab was geschieht." Und sie ließ ihm noch so einiges anderes ausrichten, was hier aber nicht verraten werden soll.

Dann kam der Tag, an dem die junge Frau ihren Schwur tun sollte. Der kahle Kaufmann machte sich mit seiner jungen Frau auf den Weg zu der Moschee, die ein wenig außerhalb der Stadt an einem Berg lag. Auf dem Weg zu der Moschee wusste die Frau es so einzurichten, dass ihr ein Absatz von einem Schuh abbrach. Auch zu diesen alten Zeiten trugen Frauen schon Schuhe mit hohen Absätzen! Den restlichen Weg zur Moschee konnte sie nur noch mühsam hinkend hinter sich bringen. Als die beiden die Moschee erreichten, saß vor der Moschee ihr junger Liebhaber als Schuster verkleidet. Er hatte Leder dabei, einen Hammer, ein paar Nägel und allerlei schönes Schuhwerk. Da überredete die Frau ihren Mann, sich neue Schuhe aussuchen zu dürfen. Ihr junger Liebhaber wollte ihr dabei behilflich sein. Sie setzte sich auf einen Schemel, der tatsächlich recht wackelig war. Während er ihr dabei half, die Schuhe anzuprobieren und einmal etwas kräftiger zog, fiel der Schemel um und die Frau schlug hinten über. Ihre Beine flogen in die Luft und ihr Rock flog zurück. Und da sie keine Unterkleider trug, wurde etwas sichtbar, dass nie und nimmer hätte sichtbar werden dürfen. Sofort heuchelte die Frau unbändige Wut. Sie beschimpfte den jungen Schuster aufs übelste. Und wäre ihr Mann, der kahle Kaufmann, nicht dazwischen gegangen, dann wäre sie womöglich sogar handgreiflich geworden gegen den jungen Schuster. Der junge Mann raffte schnell seine Habseligkeiten zusammen und floh.

Der Kaufmann aber trat mit seiner Frau in die Moschee. Sie standen vor dem Brunnen und die Frau tat ihren Schwur.

Irak und Syrien – Die Geschichten

„Ich schwöre bei Allah und allem was mir heilig ist, dass noch nie ein Mann das gesehen hat, was nur mein rechtmäßig angetrauter Ehemann sehen darf. Das hat nur mein Mann gesehen ... und natürlich dieser unsäglich tölpelhafte Schuster.“

Da blieb das Wasser des Brunnens ruhig. Die junge Frau und ihr Mann gingen vergnügt nach Hause. Was die Frau dann noch mit ihrem jungen Liebhaber trieb, das erzählt die Geschichte nicht. Am nächsten Tag jedoch war die Quelle, die den Brunnen speiste, versiegt. Denn sie war dazu gemacht, die Wahrheit ans Licht zu bringen und nicht die Listen der jungen, lüsternen Frauen, die ihre Männer betrügen, zu verschleiern.

Die Edelsteinschärpe der Tochter des Löwenkönigs (Syrien)

Auch dieses Zaubermärchen stammt aus der Sammlung von Eugen Prym und Albert Socin und wurde um 1890 das erste Mal in St. Petersburg veröffentlicht. In dieser Geschichte taucht „die Affenmutter“ als Helferfigur und alte Weise auf. Sie ist das syrische Pendant zur weisen Frau in den uns bekannten Märchen. Wirklich „politisch korrekt“ ist dieses Märchen nicht, da der Held die schöne Prinzessin durch Entführung und Diebstahl erlangt ...

Es war einmal ein Mädchen, das hatte vier Brüder. Sie war weltberühmt, denn es gab keine schönere als sie. Die Minister warben um sie, aber sie wollte keinen Mann nehmen. Nun lebte auch einer Namens Osmân Agha, ein wunderschöner Jüngling, zu dem die Leute sprachen: „Osmân Agha! Weißt du was?“ „Nun?“ „Wer für dich passt?“ „Wer denn?“

Irak und Syrien – Die Geschichten

„Die Châneme", antworteten sie ihm, „sie wohnt im Schloss von Abd-el-'afîf". „Ich will mich zu ihr begeben", sprach er und machte sich reisefertig.

Als er von Hause aufbrach, fragte ihn seine Mutter: „Mein Sohn, wohin willst du gehen?" „Mutter", antwortete er, „ich will gehen, lass mich, ich will gehen". So brach er auf und forschte nach dem Schloss von Abd-el-'afîf. Nach 15 Tagereisen gelangte er zu einem Wasserbehälter. Dort zog er Brot aus der Tasche und aß. Auch eine Pfeife stopfte er sich und rauchte sie. Hierauf gelangte er zum Schlosse. Dasselbe war hoch, hatte ein eisernes Hoftor und eine Verschlussstange von Blei. An diesem Tore klopfte er an. „Wer ist da?" fragte die Sklavin. „Ich bin es", antwortete er. Da öffnete sie das Tor und verschloss es wieder. Dann ging sie zu ihrer Herrin hinauf und kündigte ihr an: „Herrin, es ist jemand vor dem Tor." „Geh!", befahl diese, „wenn er hässlich ist, so lass ihn nur umkehren, aber wenn er schön ist, so öffne ihm! Sollte er jedoch im ersteren Fall nicht fortgehen, so will ich das Fernrohr nehmen und ihn mir ansehen … und dann meine Brüder rufen, damit sie ihn in kleine Stücke so groß wie Ohrläppchen hauen".

Die Sklavin ging und öffnete das Tor. Er stieg hinauf und trat in das Oberzimmer. Hierauf näherte er sich Châneme und begrüßte sie. Sie aber erhob sich vor ihm und sah, dass er schön war, und er gefiel ihr wohl. Auch er betrachtete sie und verliebte sich zum Sterben in sie, denn sie saß da auf dem Sofa auf seidenen Polstern, gestützt auf ein Kissen von Straußenfedern, in ihrer Hand eine Pfeife, woran eine Bernsteinspitze war. Ihre Finger voll kostbarer Ringe. „Was willst du?" fragte sie ihn. „Du weißt es". „Woher soll ich es wissen?" sprach sie. „Ich bin um deinetwillen hierhergekommen". „Schön", antwortete sie, „aber ich habe eine Bedingung zu machen. Wenn du sie erfüllst, so will ich dich heiraten,

Irak und Syrien – Die Geschichten

und wenn du sie nicht erfüllst, so heirate ich dich nicht." „Sprich, was ist das für eine Bedingung?" fragte er. „Wenn du mir eine Spanne von der Edelsteinschärpe der Tochter des Löwenkönigs bringst, so will ich dich heiraten." Er antwortete: „Ich weiß ja nicht, wo die ist". „Wie hast du denn", fragte sie, „den Weg hierher gefunden und kannst jenes nicht erfahren?" „Ich will gehen", erwiderte er.

Da zog er in die weite Welt und fragte nach, Stadt um Stadt, und reiste. Endlich gelangte er in das Land der Finsternis, wo nachts Finsternis ist und am Tage Finsternis. Dort legte er sich nachts schlafen. Als er seine Uhr öffnete, war die Nacht vorbei, aber der Tag war finster. Da stieg er zu Pferde und ritt los. Und siehe da, er stieß auf eine Affenmutter, die mit aufgerissenem Maule auf ihn zukam. Er aber zog das Schwert und ging auf sie los. Dann maßen sie sich im Ringkampf und er warf sie. Aber als er zum Schwerte griff, um sie zu töten, da entblößte sie ihre Brust und rief: „Halt, ich bin ein Weib". „Ich will dich aber umbringen", sprach er. „Töte mich nicht", bat sie, „was auch dein Vorhaben sein mag, ich will es vollbringen". Er sprach: „Gib mir das Versprechen, dass du mich nicht mehr angreifen willst. Als Beweis schneide eine Zotte von deinem Haare ab und gib sie mir". Das tat sie und sie gingen zusammen weiter und reisten, bis sie das Land der Finsternis hinter sich hatten. Da rief sie: „Osmân Agha! nun zeige dich als Mann, denn wir sind in das Land der Löwen gelangt". Im Weitergehen stießen sie auf ein Gelage der Elfen und belauschten eine derselben, welche ein Knäblein zur Welt brachte. Dieses packte die Affenmutter und entfloh, während die Mutter des Knäbleins zusehen musste.

„'Osmân Agha", rief die Affenmutter, „nimm den Knaben da, und lass uns weiter gehen". So kamen sie in ein Dorf der Elfen und machten daselbst Halt, er und die Affenmutter

Irak und Syrien – Die Geschichten

nebst dem Knaben, und aßen ihr Brot. Da kam jemand und rief: „Steht auf!" „Wohin?" fragten sie. „Der König der Elfen verlangt nach euch". Sie gingen zu ihm hin, und als sie vor ihn traten, fragte er: „Wo habt ihr diesen Knaben gefunden?" „Auf dem Gebirge", antworteten sie. „Er gehört zu uns", sagte er. „Aber wir wollen ihn nicht hergeben". „Was immer ihr verlangt, wollen wir euch geben, gebt ihn nur heraus". Die Affenmutter antwortete: „Gebt uns zwei von euren Tarnkappen". „Da nehmt sie euch!" Sie gaben ihnen solche, und jene lieferten den Knaben wieder aus. Als sie sich anschickten, weiterzugehen, lud der Geisterkönig sie ein: „Wenn ihr von eurem Reiseziel zurückkehrt, so kommt zu mir". Sie sagten zu.

Darauf gingen sie mitten ins Land der Löwen hinein. Dort zogen die Affenmutter und 'Osmân Agha ihre Tarnkappen an und gingen ungesehen an den Löwen vorbei, aber die Löwen zitterten und der Erdboden zitterte. Darauf gingen sie zur Wohnung des Löwenkönigs und sahen, dass ungefähr hundert Löwen das Hoftor bewachten. Sie aber traten hinein, ohne dass jemand sie sah. Sie gingen ins Zimmer der Königstochter. Diese war seit etwa einem Monat besessen und lag nackt da. Die Affenmutter sprach zu 'Osmân Agha: „Herr, ich kann die Edelsteinschärpe nicht entdecken". „Aber was sollen wir dann tun?" fragte dieser. „Ich weiß nicht, aber langsam, warte!"

Als es Nacht geworden war, erschien die Affenmutter der Prinzessin und sprach zu ihr: „Du wirst nicht gesundwerden, wenn du nicht die Edelsteinschärpe in die Nähe deines Kopfkissens legst". Darauf zog sie ihre Tarnkappe wieder an und schlich davon. Am Morgen rief die Königstochter ihre Mutter: „Mutter, komm hierher!" „Was gibt's, mein Kind?" „Bringe mir meine Edelsteinschärpe und komm zu mir". Da brachte die Mutter ihr dieselbe und sie zog sie an und sprach: „Mutter, ich bin gesund geworden". „Schön, Gott sei Dank!"

Irak und Syrien – Die Geschichten

Als der Tag sich neigte, setzte man ihr Speisen vor, und nachdem sie gegessen hatte, legte sie sich schlafen. Die Edelsteinschärpe aber legte sie neben ihr Kopfkissen. Nun nahm die Affenmutter die Schärpe und machte sich mit 'Osmân Agha auf den Weg. Die Königstochter aber wurde wieder besessen, als die Schärpe fort war. Auf ihr Geschrei kamen ihre Mutter und ihr Vater, gingen zu ihr hinein und fragten: „Wo sind die Edelsteine und die Schärpe?" Sie antwortete: „Hier waren dieselben, bei meinem Kopfkissen. Man hat sie weggenommen, gestohlen, und ich bin wieder besessen! Es ist eine Frau gekommen und hat zu mir gesprochen: ‚Wenn du nicht die Schärpe neben dein Kopfkissen legst, so wirst du nicht gesund werden'. Da habe ich sie dorthin gelegt, bin eingeschlafen, und nun ist sie verschwunden". Hierauf forderte der Löwenkönig alle Löwen des Landes auf, die Edelsteinschärpe zu suchen. Man ließ keinen Ort undurchsucht. Aber die Löwen gingen an jenen beiden vorbei, ohne sie zu sehen. Als der Tag sich neigte, versammelten sich die Löwen bei ihrem König und berichteten ihm, sie hätten niemanden gesehen. „Aber was sollen wir machen?" fragten sie, „die Elfen haben sie gestohlen".

Unterdessen reisten die Affenmutter und 'Osmân Agha weiter. Der Löwenkönig aber stieg zu Pferde und zog zum König der Elfen. Er kehrte bei ihm ein, und jener erwies ihm große Ehre und fragte ihn: „O König, was ist dein Anliegen, dass du mit deinen Soldaten zu mir gekommen bist?" Dieser antwortete: „Meine Tochter ist wahnsinnig geworden. Sie besaß eine Edelsteinschärpe und die ist verschwunden. Nun wagt niemand mehr, zu ihr zu gehen. Ich bitte dich, deine Untertanen danach zu fragen". Da rief der König alle Elfen zusammen und fragte: „Heda, hat niemand von euch die Edelsteinschärpe der Tochter des Löwenkönigs gesehen?" „Nein", antwortete man.

Irak und Syrien – Die Geschichten

Nur einer in der Versammlung sprach: „Ich habe einen Mann und ein Weib gesehen, welche von unseren Tarnkappen auf dem Kopfe hatten. In der Nacht habe ich sie hier vorbeigehen sehen, während ich draußen ein Bedürfnis verrichtete. Aber ich habe nicht mit ihnen gesprochen, denn ich dachte, vielleicht geschieht es auf Geheiß unseres Königs".

Da befahl man, die Diebe zu verfolgen. Man ritt ihnen nach bis in das Land der Finsternis. Dann aber kehrten die Verfolger nach Hause zurück, ohne jemanden gefunden zu haben, und berichteten dies den beiden Königen. Der Löwenkönig kehrte nun nach Hause zurück. Seine Tochter aber starb, die Geister hatten sie erwürgt. Osmân Agha und die Affenmutter reisten weiter; als sie jedoch das Land der Finsternis hinter sich hatten, sprach sie zu 'Osmân Agha: „Nimm diese Kappe und geh. Ich will in meine Wohnung zurückkehren. Gott sei mit dir! Es ist nun keine Gefahr mehr vorhanden". Da zog 'Osmân Agha alleine weiter und gelangte schließlich zum Schloss und ging hinein. Die Schärpe hatte er mitgebracht und gab sie der Prinzessin. Diese stand auf und küsste ihn. Darauf nahm er sie und die Sklavin mit sich nach Hause und ließ sich die Prinzessin antrauen. Er veranstaltete einen großen Hochzeitsschmaus. Ein ganzes Jahr lang bewirtete er die Leute, und ich bin auch dabei gewesen.

***

Irak und Syrien – Die Rezepte

Bamia (Irak)

Irakisches Lammragout mit Okra

Zutaten (für 4 Portionen):

1 Glas kleine Okraschoten (abgetropft ca. 380 g)
500 g Lammfleisch aus der Hüfte (alternativ Jungrind)
3 große Tomaten
2 große Zwiebeln
3-5 Knoblauchzehen
1 Pck. passierte Tomaten (wahlweise auch 1 ½)
1 kl. Glas Wasser
1-2 Zitrone(n)
Öl , neutrales
Salz
etwas Tomatenmark

Zubereitung:

Die Zwiebel schälen und in kleine Würfel schneiden. Tomaten würfeln. Knoblauch schälen und fein hacken oder pressen. Fleisch in Streifen schneiden.

Etwas Öl in einem Topf erhitzen und die Zwiebeln darin goldbraun braten. Knoblauch dazugeben und kurz anbraten. Das Fleisch dazugeben und ebenfalls anbraten. Tomaten dazugeben und mitbraten. Einmal stark aufkochen lassen, dann passierte Tomaten und das Wasser in den Topf geben. Hitze reduzieren und etwa eine halbe Stunde köcheln lassen, bis das Fleisch durch und zart ist.

Irak und Syrien – Die Rezepte

Die Zitrone auspressen, den Saft mit dem Salz und dem Tomatenmark in den Kochtopf geben und wieder zugedeckt köcheln lassen. Nach etwa fünf Minuten die abgetropften Okra ebenfalls in den Topf geben und noch weitere 10 bis 15 Minuten kochen lassen (dabei aufpassen, dass die Okra nicht zerkochen!).

Dazu passt ein guter Basmati- oder Jasminreis.

Arnabije (Syrien, Damaskus)

Mangold – Linsensuppe mit Sumach

Zutaten (für 4 Portionen):

300 g Tellerlinsen
1 kg Mangold
50 g grob geschroteter Bulgur
50 g Mehl
1 große Zwiebel
50 ml Olivenöl
3 Knoblauchzehen
1 TL Salz
100 g Sumach Pulver (Essigbaumfrucht)
1 TL Koriander (Samen gemahlen)
1 TL Kumin (Kreuzkümmel, gemahlen)

Zubereitung:

Bulgur 10 Minuten einweichen lassen, dann mit dem Mehl und etwas Wasser zu einem körnigen Teig vermengen.

Irak und Syrien – Die Rezepte

Mit angefeuchteten Händen (Vorsicht, der Teig ist recht klebrig!) jeweils ein kleines Stück aus dem Teig nehmen und zwischen den Handflächen zu einer kleinen Kugel rollen. Die Kugeln so auf einen Teller legen, dass sie sich nicht berühren (wie gesagt, sehr klebrig).

Linsen waschen und in einem Topf mit ca. 2 L Wasser zum Kochen bringen. Mangold gründlich waschen, die Blätter von den Stielen schneiden und getrennt in 1 cm große Stücke schneiden.

Zwiebel schälen, in grobe Würfel schneiden und in einer großen Pfanne mit etwas Öl goldbraun braten. Die klein geschnittenen Stiele des Mangolds dazugeben und 5 Minuten dünsten, danach die Blätter weitere 5 Minuten mitbraten. Knoblauch pressen (geschält oder ungeschält, je nach Presse), dazugeben und alles gründlich durchrühren. Das Ganze abkühlen lassen und dann samt dem Bratöl zu den Linsen geben. Salz, Sumach, Koriander und Kumin dazu geben und ca. 10 Minuten auf kleiner Flamme köcheln lassen.

Zum Schluss die Teigkugeln aus dem Bulgur dazugeben, 5 Minuten ziehen lassen und heiß servieren.

Dazu geröstetes Brot reichen.

***

Balkan – Die Geschichten

Die Blume des Glücks
(Sinti und Roma, Rumänien)

Diese Geschichte ist ein großes Zaubermärchen aus dem Märchenschatz der rumänischen Sinti und Roma. Die Seele der Mutter, die als magischer Gegenstand oder als magisches Tier dem verlassenen Kind hilft, ist auch bekannt aus dem russischen Märchen „Die wunderschöne Wassilisa" …

Es war ein altes Mütterlein, das mit ihrem einzigen Sohn in bitterer Armut lebte. Als die Mutter im Sterben lag, weinte sie sehr über ihren Sohn und sprach: „Mein lieber Sohn, gehe in die Welt und suche dein Glück. Ich werde bald sterben. Dann hast du hier im Dorfe niemanden, der für dich nur ein gutes Wort hätte, denn du bist armer Leute Kind! Wenn du mich aber begraben hast, so gehe um Mitternacht zu meinem Grabe und pflücke die Blume, die über mir wachsen wird, und achte auf sie wie auf dein Augenlicht, denn sie wird dir den Weg zu deinem Glück zeigen." Bald starb das Mütterlein und der Sohn begrub es.

Als es Mitternacht wurde, ging er hinaus auf den Friedhof und sah auf dem frischen Grabe seiner Mutter eine wunderschöne blaue Blume blühen. Er pflückte sie ab und legte sie sorgsam in seine Tasche. Am nächsten Tag zog der Jüngling in die Welt und begegnete einem hinkenden Wolf, der ihn bat: „Lieber Mann, ziehe mir die Kugel aus dem Bein!" Der Jüngling tat es, und der Wolf sprach: „Ich kann dir vorläufig deine Güte nicht vergelten, aber zieh mir ein Haar aus. Und wenn du einmal meine Hilfe benötigst, so hauche das Haar an!" Hierauf zog der Jüngling dem Wolf ein Haar aus, steckte es in die Tasche zur blauen Blume, zog in die Welt und wanderte lange ohne sein Glück zu finden.

Balkan – Die Geschichten

Da erinnerte er sich der Worte seiner sterbenden Mutter und nahm die blaue Blume aus der Tasche. Er legte sie missmutig auf die Erde nieder und - siehe da - es erhob sich die Blume in die Luft und sprach: „Komm und folge mir! Niemand sieht mich, nur du allein kannst mich sehen, darum folge mir getrost nach, ich will dich zu deinem Glück führen!" Die Blume schwebte nun vor dem Jüngling her, der ihr überall hin nachfolgte. Gegen Abend kamen sie in einen Wald, und da sah der Jüngling einen Fuchs, der sprach: „Lieber Mann, eine Wespe ist mir in das Ohr gekrochen und verursacht mir große Schmerzen. Zieh mir die Wespe heraus!" Der Jüngling tat es, und der Fuchs sprach darauf: „Ich kann dir deine Güte mit nichts anderem vergelten, als dass ich dir etwas mitteile. Du suchst ein Glück, doch ehe es du es findest, musst du bei einer bösen Urme dienen, bei der du eine Kuh mit goldenen Hörnern drei Tage hindurch auf die Weide führen musst. Aber du musst wohl sorgen, dass die Kuh nicht ohne dich nach Hause kommt, sonst tadelt dich die Urme. Wenn es dir gelingt, die Kuh drei Tage auf der Weide zu halten, so verlange als Lohn für deinen Dienst die Kappe, die hinterm Ofen am Nagel hängt. Wer diese Kappe aufsetzt ist jedem Auge unsichtbar." Dies sprach der Fuchs und verschwand. Der Jüngling aber ergriff die blaue Blume, steckte sie in die Tasche und legte sich nieder.

Am nächsten Tag nahm er die Blume wieder hervor, und als er sie vor sich herschweben sah, folgte er ihr nach. Bald kamen sie an ein großes eisernes Haus, und die Blume sprach: „Steck mich nun in deine Tasche und nimm mich nur dann hervor, wenn ich dich rufe!" Kaum hatte der Jüngling die blaue Blume in seine Tasche gesteckt, als sich die Tür des eisernen Hauses öffnete und eine hässliche alte Frau auf der Schwelle erschien.

Balkan – Die Geschichten

„Was suchst du hier?" fragte die Alte. „Ich möchte gern in Dienst treten.", entgegnete der Jüngling. „Gut!" antwortete die Alte, „ich will dich in meinen Dienst nehmen. Du sollst meine Kuh mit den goldenen Hörnern auf die Weide treiben, doch darf die Kuh nicht ein einziges Mal vor Abend und ohne dich nach Hause rennen, denn sonst muss ich dich töten. Wenn du aber dreimal mit der Kuh nach Hause kommst, kannst du dir aus meinem Hause wählen und mitnehmen, was dir am besten gefällt." Der Jüngling war mit allem einverstanden und trieb die Kuh mit den goldenen Hörnern auf die Weide. Kaum war er auf der Wiese angekommen, als die Kuh schon nach Hause rennen wollte. Dann nahm der Jüngling das Haar des Wolfs hervor, hauchte es an, und es kam der Wolf mit vielen tausend Wölfen, welche die Kuh umringten und nicht von der Stelle ließen. Am Abend ritt der Jüngling die Kuh nach Hause und legte sich nieder. Am zweiten Tag geschah es ebenso, und als am dritten Tage der Jüngling mit der Kuh zur Urme nach Hause kam, hieß sie ihn, sich etwas aus ihrem Hause zu wählen. Er wählte die Kappe und nahm sie vom Nagel herab. Doch die Urme schrie auf und wollte sie ihm aus den Händen reißen. Der Jüngling aber setzte die Kappe schnell auf seinen Kopf, und so konnte ihn die Urme nicht fangen. Als er ins Freie hinausgelangte, steckte er die Kappe in seine Tasche und hörte die Blume rufen: „Nimm ich heraus!" Er nahm sie heraus und folgte nun der schwebenden Blumen nach.

Tagelang wanderte der Jüngling in der Welt herum und war schon ganz verzweifelt, als er in ein Gebirge kam. Ermüdet setzte er sich nieder und hörte die Blume sagen: „Steck mich in deine Tasche!" Er tat es und legte sich in den Schatten eines Baumes. Es war schon längst Abend geworden und der Jüngling schlief noch immer. Der Mond schien hell und beleuchtete die grauen Felsen des Gebirges. Keinen Laut konnte man hören, das ganze Gebirge lag wie tot in tiefem Schlaf.

Balkan – Die Geschichten

Da erscholl einen Schrei, und unser Jüngling erwachte. Als er erschreckt um sich blickte, bemerkte er eine große Kröte, die einen kleinen Mann, der nur zwei Spannen hoch war, am Fuße zerrte. Der Jüngling sprang auf und warf einen großen Stein auf die Kröte, dass sie den Mann losließ, der schnell zum Jüngling lief und ihn bat, ihn auf seinen Arm zu heben. Der Jüngling tat es und der kleine Mann sprach: „Du hast mich gerettet, aber wohin sollen wir uns nun verbergen, denn die Kröte ist eine böse Urme, die viele hundert Kröten herbeirufen wird, die uns töten werden." Der Jüngling nahm schnell die Kappe hervor und setzte sie auf. Kaum dass er dies getan, rückten viele tausend Kröten heran und suchten nach dem Jüngling, doch sie konnten ihn nicht sehen. Der Jüngling ging nun mit dem kleinen Mann weiter. Als sie in der Frühe an eine Höhle kamen, sagte der kleine Mann: „Setze mich auf den Boden nieder und folge mir nach. Ich will dich reich und glücklich machen." Und er führte den jungen Jüngling in die Höhle hinein, wo er an eine Felswand dreimal anklopft und rief:

> „Öffnet die Türe!
> Gast ich jetzt führe,
> Brüder, zu euch,
> öffnet mir gleich!"

Darauf öffnete sich eine Tür und der kleine Mann sprach: „Weg mit der Kappe, damit dich meine Brüder sehen können." Der Jüngling steckte die Kappe in die Tasche und sie traten in ein schönes, hölzernes Zimmer. Von hier gingen sie in ein eisernes Zimmer, da standen lauter Flinten an den Wänden. Dann kamen sie in ein silbernes Zimmer, dort waren viele silberne Flaschen aufgestellt. Darauf öffneten sie eine Tür und traten ein goldenes Zimmer.

Balkan – Die Geschichten

Dort waren viele kleine Männer um einen König versammelt, der auch so klein war, wie die anderen Männer und einen langen, silbernen Bart hatte. Der kleine Mann führte den Jüngling vor den König und sprach: „Mein Gnädigster Herr König! Dieser Jüngling hat mich vom Tode gerettet. Die Urme, die im Gebirge wohnt, hatte sich in eine Kröte verwandelt und mich beinahe getötet." Der König blickte auf den Jüngling und sprach: „Du hast meinem besten Diener das Leben gerettet. Nun will ich dich dafür belohnen und dir solche Geschenke geben, durch welche du glücklich wirst." Und er riss sich aus dem Barte ein silbernes Haar aus, gab es dem Jüngling und sprach: "Wenn du in Not bist, aber nur in sehr großer Not, so hauch dieses Haar an, und ich werde mit meinem Volke erscheinen und dir helfen." Dann führte er den Jüngling in das silberne Zimmer, gab ihm dort eine silberne Flasche und sprach: „Wenn du mit dem Wasser, das nie abnimmt, einen Stein benetzt, so wird er zu sogleich zu lauterem Gold." Nun führte er den Jüngling zurück in das eiserne Zimmer, gab ihm dort eine Flinte und sprach: „Mit dieser Flinte triffst du alles, worauf du mit ihr zielt. Nun aber Lebewohl, den kein Erdensohn darf länger bei uns weilen." Hierauf führte ihn der kleine Mann hinaus und sprach: „Du wirst bald an den gläsernen Berg kommen, in welchem ein Drache die schönsten drei Jungfrauen der Welt hütet. Wenn du dort in Not geraten solltest, so rufe uns nur zur Hilfe." Er küsste nun den Jüngling dreimal und ging dann zurück in die Höhle.

Da rief die Blume: „Nimm ich heraus!" Der Jüngling tat es und folgte der schwebenden Blumen nach. Gegen Abend kam er an einen See und legte sich am Ufer nieder. Kaum dass er sich ausgestreckt hatte, so erblickte er auf einmal drei goldene Gänse, die auf dem See herumschwammen. Der Jüngling ergriff rasch die Flinte und zielte auf die kleinste der Gänse; zwei flogen erschreckt von dannen, die kleinste aber verwandelte

Balkan – Die Geschichten

sich in eine schöne Jungfrau, die sprach: „Du hast mir meine menschliche Gestalt wiedergegeben, die der Drache auf dem gläsernen Berge mir und meinen zwei Schwestern genommen hat. Ich will gerne dein Weib werden, wenn du auch meinen Schwestern die menschliche Gestalt zurückgibst.“

Am nächsten Tage gelangten sie an den gläsernen Berg, in welchem der Drachen mit den zwei Schwestern wohnte. Da steckte der Jüngling die Blume in die Tasche zurück, nahm das silberne Haar hervor und hauchte es an. Auf einmal erschienen viele tausend kleine Männer, deren König aber sprach: „Ich weiß, was du willst! Du möchtest in den gläsernen Berg hinein und kannst nicht. Nun, wir wollen dir ja helfen.“ Darauf begannen die kleinen Männer zu hämmern, zu klopfen und zu bohren, und in kurzer Zeit brachen sie ein Loch in den gläsernen Berg. Als sie mit der Arbeit fertig waren, verschwanden sie ebenso rasch, wie sie gekommen waren. Im gläsernen Berg aber krachte und donnerte es, und zwei goldene Gänsen flogen heraus. Der Jüngling ergriff die Flinte, zielte, und die Gänse fielen als zwei schöne Jungfrauen auf die Erde. Da aber kam auch der Drache hervor. Er stürmte auf den Jüngling los, doch dieser zielte mit seiner Flinte auf ihn, und der Drache verwandelte sich in Staub und Rauch, den der Wind brausend fortwehte. Als dies alles geschehen war, flog die blaue Blume hervor und sprach: „Lebe wohl, mein Kind! Ich bin die Seele deiner gestorbenen Mutter. Nun muss ich zurück in den Himmel, woher ich gekommen bin!“ Darauf verschwand die blaue Blume. Der Jüngling aber heiratete die jüngste der Schwestern, die zwei anderen heirateten auch gar bald darauf, und sie lebten fortan alle glücklich, reich und zufrieden beisammen.

Balkan – Die Geschichten

Der Teufel und die drei Töchter des Grafen
(Sinti und Roma, Rumänien)

Eine weitere Geschichte der Sinti und Roma aus Rumänien. Sie nimmt Motive eines bekannten Märchens der Brüder Grimm auf. Es handelt sich um ein typisches Blaubartmärchen, wobei hier nicht ein böser König sondern der Teufel höchst selbst die Mädchen entführt.

Es war einmal ein Graf, der hatte drei wunderschöne Töchter. Viele Männer wollten die Töchter des Grafen heiraten. Und wie sollte es anders sein, auch der Teufel wollte die drei Töchter des Grafen. Und also ersann er eine List. Er flog herab aus seinem Reich auf dem Berg und verwandelte sich in einen wunderschönen, jungen Leutnant. Dann ging er zum Grafen und sprach: „Ich bin der und der Leutnant. Ich interessiere mich für eure Töchter. Mögt ihr mir eine von ihnen zur Frau geben?" Der Graf war einverstanden und auch die älteste Tochter des Grafen war bereit, mit dem schönen jungen Leutnant zu gehen. Die beiden machten sich auf den Weg und als sie ein Stück gewandert waren, verwandelte sich der Teufel zurück und flog mit dem Mädchen zurück in sein Reich auf den Berg.

Nach einer Weile sprach der Teufel: „Ich muss für eine Weile fort. Hier hast du einen Schlüssel. Ich habe 24 Kammern. Die ersten 23 darfst du öffnen, aber lasst dir nicht einfallen, dass du auch die 24. öffnen darfst." Und zum Abschied schenkte er dem Mädchen einen Pelz. Ohne ihren Gefährten wurde es dem Mädchen bald langweilig. Und so ging es los und schloss 23 Kammern auf. Doch dann überwältigte sie die Neugier der jungen Mädchen.

Balkan – Die Geschichten

Und so schloss sie auch die 24. auf. Da schlugen ihr aber Flammen entgegen! Ihr Pelz war im Nu versengt! Als der Teufel zurückkam, bemerkte er den versengten Pelz. Da öffnete er die 24. Kammer und warf das Mädchen ins Feuer.

Dann flog er flugs herab aus seinem Reich auf den Berg. Er verwandelte sich in einen Grafen und ging zum Schloss des nämlichen Grafen mit den schönen Töchtern. Dort sprach er: „Ich bin der und der Graf von dort und dort. Ich möchte eine eurer Töchter heiraten. Sagt, wollt ihr mir nicht eine zur Frau geben?" Dem Grafen gefiel der fremde Graf und so war er einverstanden. Und auch seine zweitälteste Tochter war einverstanden und freute sich auf ein Leben in Reichtum mit dem fremden Grafen. Also ging sie mit ihm. Als sie ein Stück weit gewandert waren, verwandelte sich der Teufel zurück und flog mit dem Mädchen zurück in sein Reich auf dem Berg. Nach einer Weile machte er es wie beim ersten Mal. Er tat wieder sein Sprüchlein: „Und lasst ihr nicht einfallen, dass du auch die 24. Kammer öffnen darfst." Und auch diesem Mädchen schenkte er einen Pelz. Dann war er fort und siehe da, auch dieses Mädchen übermannte die Neugier der jungen Mädchen. Sie öffnete die 24. Kammer, die Flammen schlugen ihr entgegen und versengten ihren Pelz. Und natürlich stieß der Teufel nach seiner Rückkehr, als er den versengten Pelz bemerkte, auch dieses Mädchen in die Flammen der 24. Kammer.

Jetzt verwandelte sich der Teufel in einen Generalmajor, mit vielen Orden behängt. Er ging zum Grafen und sprach: „Ich möchte eure Tochter heiraten. Sagt, wollt ihr sie mir zur Frau geben?" Der Graf sprach: „Ach, nehmt sie ruhig." Und so ging die jüngste Tochter mit dem fremden Generalmajor. Dieser aber verwandelte sich nach einem Stück des Weges

Balkan – Die Geschichten

zurück und flog mit dem Mädchen in sein Reich auf dem Berg. Nach einer Weile gab er ihr einen Schlüssel. Und wieder sprach er: „Ich muss für eine Weile fort. Wenn es dir langweilig wird, kannst du 23 der 24 Kammern öffnen. Aber lass dir nicht einfallen, dass du auch die 24. öffnen darfst." Sprach's und verschwand. Das Mädchen aber legte ihren Pelz sofort wieder ab. Und weil auch sie die Neugier der jungen Mädchen überfiel, öffnete sie die 24. Kammer. Da sie aber zuvor ihren Pelz abgelegt hatte, konnte dieser von den Flammen nicht versengt werden. Als das Mädchen die Klammer geöffnet hatte, da erschrak sie. Waren da doch ihre beiden Schwestern, die in den Flammen litten.

Schließlich kehrte der Teufel zurück und war es zufrieden, denn der Pelz des Mädchens war nicht versengt. Nach einer Weile sprach der Teufel: „Ich will deinem Vater Geld bringen. Fülle eine Kiste mit meinen Goldstücken." Sofort hatte das Mädchen einen Plan. Es nahm eine große Kiste und füllte sie halb mit Goldstücken. Dann legte sie wieder ihren Pelz ab und öffnete heimlich die 24. Kammer. Sie zog ihre älteste Schwester hervor und sprach: „Schnell, lege dich auf das Gold. Du sollst zu unserem Vater zurückkehren." Den Teufel aber berichtete sie, dass sie getan hatte, was er verlangt hatte. Da verwandelte er sich wieder in den jungen Leutnant und ging zum Grafen. Dort sprach er: „Weil du mir deine Tochter gegeben hast, sollst du belohnt werden. Nimm diese Kiste mit Gold!" Dann flog er zurück in sein Reich auf dem Berg.

Nachdem einige Zeit vergangen war, bat er das junge Mädchen wieder, eine Kiste mit Gold für ihren Vater zu füllen. Wieder legte das Mädchen seinen Pelz ab, füllte eine Kiste halb mit Gold, öffnete die 24. Kammer zog ihre zweitälteste Schwester hervor. Sie sprach: „Komm Schwester, leg dich auf das Gold. Du sollst zu unserem Vater zurückkehren."

Balkan – Die Geschichten

Der Teufel aber verwandelte sich wiederum in einen Grafen und brachte die Kiste dem anderen Grafen. Dann kehrte er zurück in sein Reich. Nach nicht allzu langer Zeit sprach der Teufel: „Ich muss wieder für eine Weile fort. Und ich möchte deinem Vater abermals Geld schenken. Während ich fort bin fülle doch bitte eine weitere Kiste mit Goldstücken." Das Mädchen erwiderte: „Gerne will ich dies tun. Aber wenn du zurückkommst, werde ich wohl schlafen. Dein Essen wird auf den Tisch stehen. Wecke mich bitte nicht, denn sonst könnte ich erschrecken und sterben."

Das Mädchen hatte wieder einen Plan. Kaum war der Teufel verschwunden, nahm es einen Mehlsack. Es nahm diesen Mehlsack und legte ihn auf die Couch. Dann deckte sie eine Decke darüber. Sie schnitt sich die Haare und legte sie an das Ende der Decke. Dann füllte sie eine weitere Kiste halb mit Gold. Und zuoberst legte sie sich selber. Es dauerte nicht lange da kam der Teufel zurück. Er sah seine Frau schlafend auf der Couch liegen. Er überlegte lange, ob er sie anfassen solle. Dann aber beschloss er, zu tun, was seine Frau ihm vor seiner Abreise geraten hatte. Er nahm die Kiste und verwandelte sich wieder in einen Generalmajor. Er ging zum Grafen und überreichte ihm die Kiste. Dann kehrte er zurück in sein Reich über den Bergen. Und siehe da, auf der Couch fand er wieder seine Frau schlafend. Er dachte sich: „Hat sie nicht gesagt, sie wäre erwacht, wenn ich vom Grafen zurückkehre?" Er überlegte lange, ob er sie nicht doch berühren solle. Und schließlich überfiel auch ihn die Neugier. Er ging zu seiner vermeintlichen Frau auf dem Sofa und stieß sie mit dem Finger an und da merkte er, dass sein Finger in einen Sack voll Mehl drang. Da wurde er aber wütend. „Ich bin der Teufel, aber dieses Mädchen ist ein noch größerer Teufel. Er ging zur 24. Kammer, öffnete sie und bemerkte, dass auch die anderen beiden Mädchen verschwunden waren. Er fluchte: „Für diese Tat sollen sie alle sterben."

Balkan – Die Geschichten

Nun hatten die drei Töchter, als sie alle wieder bei ihren Vater waren, berichtet, was ihnen widerfahren war. Da nahm der Vater Weihwasser und versprengte es um das Haus herum. Als nun der Teufel kam, um den Grafen und seine Töchter zu töten, konnte er nicht in das Haus dringen. Er mühte sich drei Tage und drei Nächte lang, doch es wollte ihm nicht gelingen. Und so musste er schließlich in sein Reich auf dem Berg zurückkehren und dies ist das Ende meiner Geschichte.

Das dumme Weib (Albanien)

Diese Geschichte habe ich mehrfach gehört. Die hier vorgestellte Version stammt aus einer Internetquelle. In diesem Schwankmärchen geht es darum, dass ein gewitzter Mann eine Wahrheit nach seinem Gutdünken schafft. Und auch, wenn die Frau hier „das dumme Weib" ist, geht es eben doch nicht ohne diese Frau …

Ein Mann hatte ein dummes Weib. Er sprach zu seiner Frau: „In dieser Woche kommt der Ramazan und ich muss viel Proviant kaufen, denn der Ramazan ist lang und verzehrt viel Proviant." Die Frau antwortete: „Nun wohl, da er viel Proviant verzehrt, kaufe du auch denselben und sende mir den Proviant nach Hause, weil ich ihn selbst bereite." – Der Mann geht auf den Markt, kauft Proviant und schickt ihn seiner Frau nach Hause und seine Frau nimmt den Proviant und sitzt an der Tür des Hofes. So viele Leute, als des Weges gingen, fragte die Frau: „Bist du etwa der lange Ramazan?" Jene hörten nicht auf ihre Worte. Nach kurzer Zeit geht ein langer Mann vorüber und hieß Ramazan. Wie er ihr bei der Tür vorübergeht, hält sie ihn an und fragt: „Bist du etwa der lange Ramazan?" Er bestätigt dieser: „Ja, das bin ich." –

Balkan – Die Geschichten

„Da hast du", spricht sie zu ihm, „diesen Proviant, denn mein Mann hat ihn für dich gekauft, also nimm ihn mit", und er nahm denselben sogleich und ging seiner Arbeit nach. Der Gatte kommt am Abend, fragt die Frau: „Ist dir der Proviant nach Hause gekommen?" Sie entgegnet ihm: „Ja, er ist gekommen und ich bereitete ihn sogleich und gab ihn dem langen Ramazan." Der Mann erstaunte sich: „Was sagst denn du?" – „Was sagen? Dem Ramazan habe ich ihn gegeben." Der Mann hatte nichts anderes zu tun und prügelte sie gehörig durch.

Am nächsten Tag spricht er zu seiner Frau: „Um vielen Proviant zu kaufen habe ich kein Geld, aber ich kaufe zweier Hammel Fleisch." Die Frau fragte ihn: „Und wie soll man dieses Fleisch essen?" Der Mann erklärt ihr: „Es in lauter Streifen trennen und es trocknen und auf die Streifen Kohl legen." Sie spricht zu ihm: „Nun, sehr wohl." Der Mann ging auf den Markt, kaufte das Fleisch und schickte es ihr nach Hause. Die Frau nahm das Fleisch und trennte es in lauter Streifen und Kohl hatte sie genug im Garten und sie nahm die Fleischstücke und legte auf jeden Kohl je einen Streifen und berechnete in ihrem Geiste: „Ich verbrauche kein Holz und trockne das Fleisch an der Sonne." Wie sie das Fleisch zurechtgelegt hatte, trat sie hinein ins Haus, um ihre Arbeit zu verrichten, wie sie die Gewohnheit hatte. Sie geht nachmittags in den Garten, um das Fleisch anzusehen, als das Fleisch die Hunde gefressen hatten. Was nahm und tat sie? Sie nahm den Haushund und band ihn am Spund an, wo das Weinfass war und prügelte den Hund. Während der Hund heulte und sich hin und her warf, zog er den Spund aus dem Fass. Der Wein floss ganz heraus. Was nahm und tat sie dann? Sie nahm Weizenmehl und warf es auf den Wein, damit das Mehl den Wein aufsauge, auf dass kein Kot entstehe, und um den Boden trocken zu legen.

Balkan – Die Geschichten

Der Mann kommt am Abend und fragt die Frau: „Ist das Fleisch wohl gekommen?" Sie erzählt ihm: „Ja, es ist gekommen und ich nahm und trennte es, wie du selbst mir es gesagt hast, in Streifen und Kohl und legte es in den Garten, um es zu trocknen, auf dass ich kein Holz verbrauche; zu bleiben und zu hüten hatte ich keine Zeit und ließ das Fleisch allein. Ich ging nachmittags, um es anzusehen und fand nicht ein Stückchen; der Hund hatte es gefressen. Ich nahm den Hund, band ihn an den Spund und prügelte ihn tüchtig durch und der Hund zog mir auch den Spund aus dem Fasse und es floss der ganze Wein heraus. Um den Boden trocken zu legen und damit kein Kot entstehe, nahm ich Weizenmehl und warf es darauf und so hatte ich das Herz beruhigt und es bildete sich kein Kot." Der Mann nahm und schlug den Kopf mit den Fäusten, der arme, unglückliche Mann.

Nach einigen Tagen ging dem Pascha ein Kamel verloren. Dieses Kamel hatte der Mann dieses Weibes gefunden und brachte es ins Haus, zusammen mit einigen Freunden. Der Mann beabsichtigte, das Kamel zu töten, um es zu essen, aber er fürchtete sich vor seiner Frau, dass sie dem Pascha sagt, dass er selbst – also der Mann - das Kamel getötet habe. Was nahm und tat er? Er nahm einen großen Kessel und sprach zu seiner Frau und lässt sie unter den Kessel treten denn: „Unser Herrgott will uns töten und ich will dich retten." Er erklärt seinen Freunden: „Stehet bereit mit Steinen, bis ich die Frau unter den Kessel stecke. Dann werfen einige von euch Steine auf den Kessel und die andern mögen das Kamel töten und so fällt es meiner Frau nicht ein, was wir soeben tun." Die Frau sah, während sie unter den Kessel trat, dass sie das Kamel töteten und so deckten sie dieselbe zu, setzten den Kessel auf sie, bewarfen ihn mit Steinen, bis sie die Arbeit mit dem Kamel beendigten.

Balkan – Die Geschichten

Darauf heben sie denselben in die Höhe und sprechen: „Komm heraus, denn unser Herrgott verzieh uns." Am nächsten Tage schickt der Pascha Burschen, um das Kamel in allen Vorstädten Tür für Tür zu suchen. Die Burschen des Paschas gehen an die Tür dieser Frau, fragen sie: „Habt ihr ein Kamel hier in der Nähe gesehen?" Die Frau erwidert: „Ja, ich habe es gesehen, als mein Mann es getötet hat." Die Burschen des Paschas gingen und meldeten dem Pascha: „Wir entdeckten das Kamel, wo man dasselbe getötet hat." Der Pascha schickt sogleich und ruft den Mann der Frau, fragt ihn: „Hast du etwa das Kamel getötet?" Er leugnet es und spricht: „Ich weiß nichts, ich habe kein Kamel gesehen." Der Pascha spricht: „Deine Frau hat gesagt, dass du es getötet hast." Der Mann wiederholt: „Ich weiß nichts." Der Pascha steckte den Mann ins Gefängnis, aber der Pascha, der auf einem Auge blind war, lässt die Frau herbeirufen. Die Frau geht, tritt in das Zimmer des Pascha; der Pascha fragt sie: „Ist es wahr, dass euer Mann mein Kamel getötet hat?" Die bestätigt ihm: „Ja." Der Pascha fragt sie: „Wann hat er es getötet?" Die Frau antwortet ihm: „Er hat es an dem Tage getötet, da unser Herrgott Felsstücke und kleine Steine geworfen und auch dir dein Auge geblendet hat." Der Pascha wurde zornig, rief seine Burschen und schimpfte: „Ich habe euch nicht geschickt, um mir närrische Leute hierher zu bringen und mit mir zu spaßen."

Da ließ er den Mann der Frau aus dem Gefängnis und steckte seine Burschen ins Gefängnis und so rettete die Frau, soviel Narrheiten sie auch dem Manne angestellt, zuletzt durch Narrheit den Kopf des Mannes.

Balkan – Die Geschichten

Der Vogel in der Brust des Königs (Griechisch Mazedonisch)

Dieses Märchen habe ich zuerst von Micaela Sauber, Erzählerin aus Hamburg und Initiatorin von „Erzähler ohne Grenzen", gehört. Es stammt von den Aromunen aus Thessalien – dem Grenzgebiet zwischen Griechenland und Mazedonien. Es kommt eben nur darauf an, den Vogel, den man vielleicht verloren hat, zurückzuholen …

Es war einmal und es war nicht, kann es gewesen sein? Es war ein König, ein weiser König. Der hatte zwei Söhne und eine Tochter. Seine Söhne waren groß und stark gewachsen. Es waren große Krieger. Seine Tochter aber, die war eine rechte Schnarchnase. Im Reiche dieses Königs ging es allen gut. Denn dort schien den ganzen Tag die Sonne. Sie ging am Morgen auf und schien den ganzen Tag vom Himmel, bis sie am Abend wieder untergehen würde. Im ganzen Reich war es angenehm warm. Und die Luft duftete herrlich nach den feinsten Blumen und würzigsten Kräutern. Allen ging es gut. Ein jeder hatte genug zu essen, denn das Reich war gesegnet mit den saftigsten Früchten und dem herrlichsten, goldenen Getreide. Und das Vieh auf der Weide gedieh wunderbar.

Dann aber wurde der König eines Tages krank. Er wurde sehr, sehr krank. Und das Land begann sich zu verfinstern. Die Sonne schien immer noch vom Himmel, aber sie war hinter den Wolkenschleiern kaum noch zu sehen. Und es wurde kälter. Aber wie kam es wohl, dass der König so krank wurde? Der König ging jeden Morgen, als er noch gesund war, auf den Berg und sprach mit dem Sonnenkönig. Denn Iljios, der Sonnenkönig, war einer der Brüder des Königs.

Balkan – Die Geschichten

Aber nicht der König sprach mit Iljios, nein, siehe da, der König hatte einen kleinen Vogel in der Brust. Und dieser Vogel sprach mit dem Sonnengott. Und weil es dem König gut ging, schien Iljios den ganzen Tag vom Himmel. Dann aber eines Tages, ich weiß nicht wie, schlich sich ein Drache in das Schloss und stahl den Vogel aus der Brust des Königs. Und da wurde der König krank und das Land verfinsterte sich. Denn die Dunkelheit ist die Zeit der Drachen. Die dunkle Zeit war das, was die Drachen wollten. Denn es war ihre Zeit. Für die Menschen aber war es eine schreckliche Zeit. Die Früchte und das Getreide verdorrten auf dem Feld, genauso wie die duftenden Blumen und Kräuter. Alles vegetierte vor sich hin. Und die Menschen wurden krank. Alle wurden krank. Sie waren ganz schwach und ganz fahl im Gesicht. Die Ärzte konnten ihre Sachen tun und die Priester ihre Lieder singen, doch es half alles nichts. Die Menschen waren krank. Und wenn die Frauen Kinder gebaren, so kamen die Kinder krank zur Welt. Die Drachen kamen jetzt zuhauf ins Land. Sie stahlen die Kinder und fraßen sie an. Es war eine schreckliche Zeit. Nur zu gern hätte der kranke König sich mit seinem Bruder Iljios beraten. Er schleppte sich auf den Berg, doch der Vogel blieb stumm. Er konnte nicht mit ihm sprechen. Und Iljios schien nicht, weil es seinem Bruder, dem König, schlecht ging.

In dieser schrecklichen, dunklen Zeit kam eines Tages ein Einsiedler zum König. Und der Einsiedler sprach: „Mein König, ich kann helfen. Ich weiß, warum du krank bist. Du bist krank, weil eines Tages ein Drachen kam, der den Vogel in deiner Brust stahl. Denn das ist es, was die Drachen wollten." Da sprach der König: „Hier sterben Christenmenschen. Wenn du weißt, wie uns geholfen werden kann, so sage es." Da antwortete der Einsiedler: „Mein König, jemand muss in den Palast des Königs der Drachen gehen.

Balkan – Die Geschichten

Aber lass dir gesagt sein, es kann nur deine Tochter sein." „Meine Tochter? Nein, meine Söhne müssen es tun. Meine Tochter ist so eine Schlafhaube! Sie schläft sogar in meiner Gegenwart ein!" Der Einsiedler erwiderte: „Der Palast der Drachen ist durch einen mächtigen Zauber geschützt. Und ein jeder, der den Grenzübertritt wagt, fällt in einen tiefen todesähnlichen Schlaf. Nur deine Tochter wird wach bleiben können." Der König schickte den Einsiedler fort mit den Worten: „Nein, meine Tochter, diese Schlafmütze, wird es nicht richten können. Ich werde meine Söhne schicken." Da verschwand der Einsiedler so unverhofft, wie er gekommen war, nicht ohne noch einmal zu betonen: „König, du wirst sehen, nur deine Tochter kann wach bleiben!"

Als der Einsiedler verschwunden war, rief der König seinen ältesten Sohn. Er sprach: „Mein Sohn, ich weiß jetzt, warum es uns allen so schlecht geht. Die Drachen haben den Vogel aus meiner Brust gestohlen. Darum kann ich nicht mehr mit meinem Bruder Iljios reden und er kann nicht mehr scheinen. Du musst dich beeilen und den Vogel zurückholen, denn hier sterben Christenmenschen. Aber pass auf, dass du nicht einschläfst!" Der Sohn antwortete: "Vater, gerne will ich dies für dich tun. Aber sage mir, warum sollte ich einschlafen?" Der König erwiderte wie es ihm der Einsiedler erzählt hatte: „Der Palast der Drachen wird durch einen starken Zauber geschützt und jeder der über seine Schwelle tritt, soll in einen tiefen, todesähnlichen Schlaf verfallen. Darum trinke ordentlich Kaffee, damit es dir nicht genauso ergeht!"

Der älteste Sohn des Königs machte sich auf den Weg und nahm eine große Kanne starken Kaffees mit. Er wanderte eine ganze Weile und trank dabei seinen Kaffee. Schließlich kam er zu dem Berg mit dem Palast der Drachen.

Balkan – Die Geschichten

Doch kaum hatte er die Grenze überschritten, wumms, fiel er in einen tiefen todesähnlichen Schlaf und begann laut zu schnarchen. Der König wartete. Der König wartete sehr lange! Mittlerweile war Iljos am Himmel kaum noch zu sehen. Schließlich rief er seinen zweiten Sohn sprach: „Mein Sohn, du musst zum Palast der Drachen gehen und den Vogel erwischen. Bringe ihn hierher zurück und beeile dich, denn hier sterben die Christenmenschen. Aber gib Acht, das du nicht dem Zauber der Drachen verfällst und einschläfst. Nimm ordentlich viel Kaffee mit. Und stark muss er sein!" Da braute sich der Sohn des Königs drei Kannen starken, duftenden Kaffees. Er machte sich auf den Weg und wanderte zum Palast der Drachen. Den ganzen Weg über trank er seinen Kaffee. Allein es nützte nichts. Er trat über die Grenze und - siehe da - fiel um und schnarchte und schlief tief und fest.

Wieder wartete der König eine lange Zeit. Er wartete noch länger als beim ersten Mal. Die Menschen waren immer verzweifelter, denn von Iljios war nur noch die Ahnung seiner Existenz übrig. Die Drachen waren jetzt überall. In seiner Verzweiflung rief der König seine Tochter. Der König sprach: „Iljios kann nicht mehr scheinen, weil es mir und uns allen schlecht geht. Und mir geht es schlecht, weil ich mich nicht mehr mit Iljios unterhalten kann, denn der Vogel aus meiner Brust ist fort. Die Drachen haben ihn gestohlen, denn sie wollen, dass die Welt in Dunkelheit fällt. Denn die Zeit der Dunkelheit ist ihre Zeit. Deine Brüder haben bereits versucht, den Vogel zurückzugewinnen. Aber keiner von ihnen ist zurückgekehrt. Jetzt kannst nur du uns noch helfen." Da erwiderte das Mädchen: „Ich will bedenken, was zu tun ist." Und dann zog sie sich zurück. Sie betete zu Gott. Und am nächsten Morgen stieg sie auf den Berg zu Iljios. Und man glaubt es nicht, auch sie konnte mit Iljios sprechen und sie erzählte ihm vom Verlust des Vogels.

Balkan – Die Geschichten

Da sprach Iljios: „Der Vogel ist im Palast der Drachen. An diesem Ort der Dunkelheit und des Todes. Ich will dir sagen, was du tun musst, um den Vogel zurückzugewinnen. Gehe zu den Bienen und lass dir eine Kerze aus rotem Wachs fertigen. Und morgen komme zu mir zurück." Da machte sich das Mädchen auf den Weg und ging zu den Bienen. Die Königin hatte sie schon sehnsüchtig erwartet. Sie übergab dem Mädchen eine rote Kerze, die die Bienen schon gefertigt hatten und sie sprach: „Wir haben dich so sehnsüchtig erwartet. Denn auch wir können in der Dunkelheit und der Kälte nicht leben. Wir wünschen dir alles Gute für deine Reise."

Am nächsten Morgen ging das Mädchen wieder den Berg hinauf zu Iljios. Und er sprach: „Nun hast du die Kerze. Gehe nun zum Palast der Drachen. Bevor du die Grenze überschreitest, entzünde Kerze. Und ich verspreche dir, diese Kerze wird auch an diesem Ort der Dunkelheit und des Todes leuchten." So machte sich das Mädchen sich auf den Weg zum Palast der Drachen und wie sie an die Grenze kam, entzündete sie die Kerze. Dann erst überschritt sie die Grenze und wie Iljios es versprochen hatte, brannte die Kerze weiter. Da fielen ein paar Tropfen des Wachses auf das Gesicht ihres ältesten Bruders und er erwachte. Auch auf das Gesicht des jüngeren Bruders fielen ein paar Tropfen des Wachses und er erwachte ebenso. Dann hörte das Mädchen aus einer entfernten Kammer einen zarten Gesang. Sie schlich sich dorthin und fand den Vogel. Sie nahm den Vogel mit und sie und ihre Brüder verließen den Palast der Drachen so schnell sie nur konnten.

Sie kehrten zurück zu ihrem Vater, dem König. Dieser war überglücklich, denn er hatte seinen Vogel zurück. Am nächsten Morgen stieg er auf dem Berg und sprach mit Iljios. Und siehe da, die Drachen verschwanden und Iljios begann wieder in schönster Helligkeit zu scheinen,

Balkan – Die Geschichten

denn auch die Wolken hatten sich verzogen. Jetzt ging Iljios wieder am Morgen auf und schien den ganzen Tag vom Himmel. Es wurde hell und warm. Und nun dufteten auch die Blumen und Kräuter wieder und erfreuten einen jeden mit den herrlichsten Düften. Die Früchte und das Getreide gediehen gut und genauso ging's mit dem Vieh. Es ging allen wieder richtig gut. Das Reich aber, das erbte nach dem Tod des Königs die Tochter. Denn nur sie hatte wie er einen Vogel in der Brust und konnte mit Iljios sprechen.

(Micaela Sauber, Hamburg)

Die zwei Groschen (Bosnien)

Ein Schwankmärchen aus Bosnien mit Anklängen an die Bremer Stadtmusikanten ...

Zwei Gevatter, die zugleich auch Nachbarn waren und sich sehr gut miteinander vertrugen, saßen einmal beisammen und der eine sprach: „Jetzt möchte ich nur wissen, wovon wir weiter leben sollen! Wir haben doch rein gar nichts mehr. Du hast wenigstens noch ein Weib, aber ich habe nicht einmal eine Katze, nichts als vier leere Wände und ein Dach darüber, und auch das taugt nichts mehr." Da meinte der andere: „Weißt du was, Bruder? Wir könnten es einmal versuchen, die Leute zu betrügen." – „Ja, ja", erwiderte der erste, „wenn ich nur wüsste, wie."

Balkan – Die Geschichten

Da kratzte sich der andere ein bisschen den Kopf unter der Kappe und sprach dann: „Das kann doch nicht gar so schwer sein, da es so viele schaffen. Ich meine, du gehst in den Wald, holst dir einen Sack Moos, und obenauf gibst du die Wolle aus deinem Polster; und ich hole mir einen Sack Galläpfel und gebe obenauf Nüsse. Damit gehen wir in die Stadt auf den Markt und verkaufen unsere Ware nur im Großen." – Der Plan gefiel beiden immer besser, und so zogen sie denn wirklich am nächsten Markttag mit einem erborgten Pferd, auf das sie die Säcke geladen hatten, nach der Stadt. Das Marktviertel füllte sich und leerte sich wieder, aber bei den beiden fragte nicht einmal jemand an. Schon war Sonnenuntergang nahe und die Läden sollten geschlossen werden, da sprach der mit den Nüssen unmutig zu seinem Gefährten: „Du verstehst auch gar nichts vom Geschäft! Lass' uns tauschen und nimm du die Nüsse; ich werde die Wolle schon verkaufen." – „Ist mir recht", antwortete der andere, „aber Wolle ist mehr wert als Nüsse und du musst mir zwei Groschen draufzahlen." – „Gut, du sollst sie bekommen, sobald die Wolle verkauft ist."

Kaum hatte er es gesagt, so kam ein Weißbart daher, erstand die Wolle und hieß den Bauer ihm den Sack nachtragen. Er werde ihm daheim das Geld geben. Also, was soll man da lange hin und her erzählen. Kurz: der Weißbart bemerkte es noch rechtzeitig, dass in dem Sacke nur Moos war, lief dem Bauer nach und brachte ihn vor den Kadi. Erst nach drei Tagen ließen sie ihn ohne Geld und ohne Sack laufen. Daheim bekam er obendrein von seinem Weib noch allerlei zu hören. Und dann kam auch noch der Gevatter und verlangte von ihm die schuldigen zwei Groschen. „Woher soll ich sie nehmen?" fragte er. Der andere verlangte: „Du hast versprochen mir die zwei Groschen zu geben, sobald du die Wolle verkauft hast. Die Wolle hast du verkauft, also gib mir die zwei Groschen." – „Ich habe aber kein Geld bekommen!" jammerte der Schuldner.

Balkan – Die Geschichten

„Du hast die Wolle doch verkauft und musst mir also zwei Groschen geben."

Tag für Tag kam nun der Gevatter und verlangte die zwei Groschen. Da sprach der Bedrängte: „Mach' was du willst, ich hab' sie nicht. Aber wenn du willst, so will ich versuchen etwas zu stehlen, aber du musst mir dabei helfen." Der Gevatter war dazu bereit und der Schuldner meinte: „Sünde ist's, den Bauer zu bestehlen; Kaufleute gibt es im Dorfe keine, also gehen wir zum Frater, der hat ohnehin alles umsonst." Sie schlichen sich nachts zu des Pfarrers Keller, in dem ein großer Bottich mit Weizen stand. Jener Gevatter, welcher der Gläubiger war, machte den Aufpasser, und der andere war eben daran einen großen Sack mit dem schönen, gelben Weizen anzufüllen. Da hörte er ein Geräusch, und aus Angst schlüpfte er schnell in den Sack hinein und blieb regungslos liegen. Der Aufpasser eilte herbei, um ihn zu warnen. Als er ihn aber nicht mehr sah, glaubte er ihn schon davongelaufen, lud rasch den gefüllten Sack auf und rannte querfeldein nach Hause. Dabei liefen ihm die Hunde nach und zerrten an dem Sacke, sodass der, welcher drinnen war, eine Heidenangst bekam und schrie: „Heb' doch den Sack ein bissel höher, sonst bringen mich die Hunde um!" Der Andere, welcher sich über den schönen Weizen im Sacke gefreut hatte, wurde nun zornig und ließ den Sack fallen, und da der im Sacke nicht gleich herauskonnte, fanden ihn die Leute des Fraters und prügelten ihn windelweich durch, so dass er fast auf allen Vieren heimkam.

Am nächsten Tage aber war schon wieder der Gevatter da und verlangte die zwei Groschen. Dem Weibe war das schon langweilig, und sie schimpfte mit ihrem Manne: „Dass dich der Donner ...! Warum zahlst du ihn denn nicht?"

Balkan – Die Geschichten

„Weil ich's nicht hab', du Weibskopf", brummte er, „aber mir ist das viele Reden jetzt wirklich zuwider, und so will ich mich denn hinlegen und nicht mehr mucksen. Und wenn der Gevatter kommt, so sage ihm, ich sei gestorben. Dann wird er mich wohl in Ruhe lassen. Als der Gevatter nun kam und wieder die zwei Groschen verlangte, erklärte das Weib: „Mein Mann kann dich nicht bezahlen, er ist gestorben." Der Gevatter jedoch bestand darauf: „Und wenn er auch gestorben ist, ich gehe nicht früher fort, als bis er mir die zwei Groschen gibt." Er setzte sich zu ihm, um die Totenwache zu halten, und dabei verlangte er fortwährend seine zwei Groschen.

Es kamen nun vier Männer, um den Toten zu Grabe zu tragen. Ihnen voraus ging der Pope und las dabei etwas aus einem Buche. Hinter der Tragbahre gingen das wehklagende Weib und der Gevatter, der die zwei Groschen verlangte. Da wurde der Geistliche recht böse und schlug auf den Gevatter los. „Was", schrie er, „der Tote soll dich zahlen?" „Ja", sprach der Gevatter, „früher gehe ich nicht weg von ihm." Auf dem Wege war ein Kirchlein, in das der Pope den Toten hineintragen ließ. „Da soll er bis morgen bleiben", sprach er, „und der Gevatter soll seine Sache mit ihm ausmachen; sonst ist er im Stande, noch am offenen Grabe seine zwei Groschen zu verlangen." Der Geistliche zündete die Ampel vor dem Altare an, dann gingen alle fort, und den beiden Gevatter blieben allein. Der eine lag auf der Bahre und schwieg, und der andere saß neben ihm und verlangte die zwei Groschen.

Da zog in der Nacht eine Räuberbande an dem Kirchlein vorüber. Ihr Anführer, der Harambascha, sah das Licht brennen und sprach zu seinen Gefährten: „Legt die Waffen ab und tretet ein! Wir wollen jeder einen Dukaten opfern und wieder einmal zu Gott beten." – Sie taten so, und der Gevatter fand kaum Zeit, sich hinter den Altar zu flüchten.

Balkan – Die Geschichten

Nachdem die Räuber gebetet hatten, brachten sie ihre letzte Beute herbei, um sie zu teilen. Es war ein großer Haufen Dukaten und ein Handschar. Einer der Räuber meinte: „Ich möchte statt Geld lieber das Messer nehmen, wenn ich wüsste, dass es etwas taugt." „Du kannst es ja leicht an jenem Toten dort versuchen", entgegnete man ihm. Als der auf der Bahre das hörte, sprang er auf und suchte auch hinter dem Altare Zuflucht. Das erschreckte die Räuber derart, dass sie alles liegen und stehen ließen und liefen, was sie laufen konnten. Nach einer Stunde blieb endlich der Harambascha stehen und meinte: „Jetzt möchte ich aber doch wissen, vor was wir eigentlich davongelaufen sind!" Da sprach einer: »Ich will zurückgehen und schauen, wenn noch jemand mit mir geht." Es gingen also ihrer zwei nach dem Kirchlein zurück.

Dort hatten sich indessen die beiden Gevattern hinter dem Altare begrüßt und einander nach der Gesundheit befragt. Dann gingen sie daran das viele Geld, das die Räuber in der Kirche zurückgelassen hatten, zu teilen, und als sie damit fertig waren, verlangte der eine Gevatter von dem andern noch die zwei Groschen, die ihm dieser schuldig war. Darüber gerieten sie nun abermals in Streit und machten dabei einen solchen Lärm, dass ihn die Räuber bis hinaus hörten. Ganz entsetzt flohen sie zu den Ihren und meldeten: „Es sind der Gespenster so viele in der Kirche, dass von dem Haufen Dukaten auf jedes Gespenst nur zwei Groschen kommen." Und die Bande lief weiter, ohne sich umzusehen. Die beiden Gevattern aber gingen vergnügt miteinander heim, wobei der eine von dem andern immer die zwei Groschen verlangte.

Und er würde sie noch heute verlangen, wenn der andere nicht einen Dukaten gewechselt und ihm die zwei Groschen endlich gegeben hätte. Falls sie noch leben, sind beide noch heute reiche Leute und gute Nachbarn.

Balkan – Die Rezepte

Mazedonischer Salat (Mazedonien)

Zutaten (für 2! Portionen):

5 Frühlingszwiebeln
3 Fleischtomaten
2 kleine Zucchini
10 schwarze Oliven, entsteint
150 g Schafskäse
<u>Für die Marinade:</u>
4 EL Olivenöl
1 EL Zitronensaft
etwas Salz und Pfeffer
1 Zehe Knoblauch

Zubereitung:

Die Frühlingszwiebeln putzen, waschen und in feine Ringe schneiden. Die Tomaten waschen, den Strunk entfernen und würfeln. Die Zucchini putzen und in feine Scheibchen schneiden.

Eine Salatschüssel mit einer halbierten Knoblauchzehe ausreiben. Die Oliven und die restlichen Zutaten in die Schüssel geben.

Aus den restlichen Zutaten die Marinade bereiten und darüber gießen. Alles gut vermischen.

Zu diesem herrlich frischen Sommersalat passt z.B. Knoblauchbaguette.

Balkan – Die Rezepte

Dovlacei Cu Brenza (Rumänien)

Zucchiniauflauf

Zutaten (für 4 Portionen):

Ca. 1 kg kleine Zucchini
2 TL Salz
2 Bund fein gehackte Petersilie
2 Tassen Creme Double (wahlweise Creme fraiche)
2 EL Semmelbrösel
2 EL Butter
etwas Salz und Pfeffer aus der Mühle
250 gr. Reibekäse
1 TL Zucker
<u>Für die Form</u>
Butter zum Bestreichen

Zubereitung:

Die Petersilie sehr fein hacken. Die Zucchini von Salzwasser bedeckt ca. 10 Minuten im geschlossenen Topf nicht zu weich kochen. Dann längs halbieren. Währenddessen den Backofen auf ca. 200° (Umluft 180°) aufheizen.

Eine Auflaufform mit Butter bestreichen und mit der Hälfte der Semmelbrösel ausstreuen. Den Boden mit Zucchinihälften (Schnittfläche nach oben) belegen. Die Zucchini mit Reibekäse bestreuen und mit Butterflöckchen belegen und mit Salz, Pfeffer und Petersilie bestreuen. Die restlichen Zucchinihälften ebenso aufschichten. Auf die oberste Käseschicht die restlichen Semmelbrösel verstreuen. Das Ganze dann im Ofen goldbraun backen.

Balkan – Die Rezepte

Die Creme Double / Creme fraiche mit dem Zucker vermischen und zum Auflauf reichen.

Tavë Elbasani (Albanien)

Gratiniertes Kalbs- oder Lammragout Elbasaner Art

Zutaten (für 4 Portionen):

Ca. 500 gr. Mageres Kalbs- oder Lammfleisch
200 gr. Langkornreis
500 gr. Sahnejoghurt
4 Eier
1-2 Zwiebeln
1 Knoblauchzehe
1 dl Weißwein
Olivenöl, Salz und Pfeffer

Zubereitung:

Knoblauch und Zwiebeln schälen und in feine Würfel schneiden. Fleisch ebenfalls in Würfel schneiden. Alles zusammen in heißem Öl in einem Topf anbraten. Herausnehmen und warm stellen. Backofen auf 200°C vorheizen.

Im selben Topf den Reis in Öl unter ständigem Rühren ca. 10 Minuten anbraten. Anschließend mit dem Wein ablöschen und das Fleisch zurück in den Topf geben. Mit Salz und Pfeffer abschmecken und 5-10 Minuten köcheln lassen. In der Zwischenzeit Eier und Joghurt mit dem Schneebesen gut vermischen, zum Fleisch geben und ca. 20 Minuten im Ofen garen. Mit einem frischen Salat servieren.

Deutschland – Die Geschichten

Der Drachentöter

Eines der ersten Märchen aus meinem Repertoire. Laut Sigrid Früh stammt diese Geschichte aus dem Schwäbischen, sie ist aber auch aus der Schweiz bekannt. Dieses Märchen ist eine der vielen Märchenvarianten, in denen es darum geht, seinen Mut zusammen zu nehmen und dem Drachen zu begegnen. Um diesen zu besiegen bedarf es allerdings häufig Hilfe. Und auch dann muss noch nicht alles gut sein …

Da war einmal ein König, der hatte drei Söhne. Die drei Prinzen wuchsen wohlbehütet im großen Schloss des Königs auf. Sie waren so eng miteinander, dass kein Blatt dazwischen passte. So wuchsen die drei Prinzen zu prächtigen jungen Männern heran. Und als sie alt genug waren, geschah, was geschehen musste. Die Abenteuerlust regte sich in ihnen und sie beschlossen, hinaus zu ziehen in die Welt, um Abenteuer zu erleben. Sie gingen zu ihrem Vater und erzählten ihm von ihrem Plan. Den Vater freute es, dass seine Söhne, die Prinzen, endlich in die Welt hinausziehen wollten und er gab ihnen drei prächtige Schwerter und drei prächtige Dolche. Sie gürteten Schwert und Dolch, sattelten ihre Pferde und ritten zum Tor des Schlosses heraus.

Sie ritten eine Weile den Weg entlang, bis sie zu einer großen, mächtigen Fichte kamen. Dort sprach der älteste der drei Prinzen: „Die meisten Abenteuer können wir erleben, wenn wir uns trennen. Ein jeder sollte in eine andere Himmelsrichtung reiten. Unsere Dolche aber lasst uns in diesem Baum stoßen. So weiß ein jeder, der vorbeikommt, wie es den anderen geht. Denn ist ein Dolch noch blank, geht es seinem Besitzer

Deutschland – Die Geschichten

gut. Ist er aber verrostet, so hat sein Besitzer den Tod gefunden." Die anderen beiden waren einverstanden. Sie stießen ihre Dolche in den Baum. Dann ging der eine Prinz in die eine Richtung, der andere Prinz in die andere Richtung, der jüngste aber ritt geradewegs in den dunklen, tiefen Wald.

Er war eine Weile durch den dunklen, dunklen Wald geritten, da begegnete ihm ein Wolf. Erschrocken zog er sein prächtiges Schwert und wollte es dem Wolf geradewegs zwischen die Augen stoßen. Der Wolf aber bat: „Ach töte mich nicht, es soll dein Glück sein." Der jüngste Prinz hatte mit einem Mal Mitgefühl mit dem Wolf und nahm ihn mit auf seine Reise. Und der Wolf wurde ihm zum Gefährten. Wie er eine Weile durch den Wald geritten war, da begegnete ihm ein grimmiger Löwe. Wieder zog er sein Schwert und wollte es dem Löwen geradewegs zwischen die Augen stoßen. Aber auch der Löwe bat: „Ach töte mich nicht, es soll dein Glück sein!" Und weil er wieder Mitgefühl hatte, wurde auch der Löwe zum Gefährten des Prinzen. Die drei Gefährten ritten weiter durch den dunklen, dunklen Wald, bis plötzlich ein mächtiger grimmiger Bär vor ihnen stand. Wieder zog er erschrocken sein Schwert und wollte es diesmal dem aufrecht vor ihm stehenden Bären ins Herz stoßen. Doch der Bär sprach: „Ach bitte, töte mich nicht. Es soll dein Glück sein!" Auch diesmal zeigte der junge Prinz Mitgefühl und so wurde auch der Bär zu seinem Gefährten. Viele Tage ging die Reise der drei Gefährten durch den tiefen, dichten Wald. Doch dann lichteten sich die Bäume und sie kamen in eine Stadt und kehrten in ein Wirtshaus ein.

Aber etwas in dieser Stadt war merkwürdig. Alle Menschen waren in schwarz gekleidet und alle Menschen gingen entweder tief bedrückt daher oder weinten. Da fragte der junge Prinz den Wirt: „Sprich! Was ist los in dieser Stadt? Warum seid ihr alle so traurig und bedrückt?"

Deutschland – Die Geschichten

Der Wirt antwortete: „Ach, oben auf dem Berg, bei der Kapelle, dort haust ein schrecklicher, siebenköpfiger Drache. Und einmal im Jahr müssen wir ihm eine Jungfrau opfern, denn sonst kommt er, frisst alle auf und zerstört die Stadt. Und nun ist keine Jungfrau mehr übrig bis auf die Tochter des Königs. Und morgen soll die Tochter des Königs dem Drachen geopfert werden." Der junge Mann nahm sein Abendessen und legte sich zu Bett. Und er überlegte lange und schließlich beschloss er, sich dem Drachen mithilfe seiner drei Gefährten zu stellen.

Am nächsten Morgen - nach dem Frühstück - sattelte der Prinz sein Pferd und machte sich auf zu der Kapelle auf dem Berg. Und kaum war er dort oben angekommen, da sah er, wie die Prinzessin aus der Kapelle trat. Sie hatte dort, wie sie glaubte, ihr letztes Gebet gesprochen. Sofort hob ein heftiges Brausen und Fauchen an. Heran kam der siebenköpfige Drache! Aber diesmal war alles anders als zuvor, als der Drache die Jungfrauen geholt hatte. Der Wolf, der Löwe und der Bär stürzten sich auf den Drachen und ein jeder biss dem Drachen zwei Köpfe ab. Den letzten, den schrecklichsten Kopf des Drachen, schlug der junge Prinz mit seinem Schwert ab. Da lag nun der tote Drache im Gras und daneben die sieben Köpfe. Der Prinz trat zu den Köpfen, öffnete die Mäuler, und schnitt die Zungen heraus. Er wickelte die Zungen des Drachen in seidenes Papier und steckte sie in seinen Beutel. Dann ging er zu der Prinzessin und diese verliebte sich sofort in den wunderschönen, tapferen, jungen Prinzen. Sie wollte ihn sogleich heiraten, doch der Prinz sprach: „Meine Liebe, auch du gefällst mir ausnehmend gut und ich habe mich in dich verliebt. Und ich will dich gerne heiraten, aber nicht jetzt. Ich habe meinen Brüdern versprochen, ein Jahr durch die Welt zu ziehen und Abenteuer zu erleben. Das Jahr ist noch nicht um.

Deutschland – Die Geschichten

Kehre du heim in dein Schloss und erwarte mich! In Jahr und Tag werde ich zu dir zurückkehren und dann werden wir heiraten." Da teilte die Prinzessin ihre goldene Kette in drei Teile und legte jedem der Tiere einen Teil um den Hals und der Prinz stieg auf sein Pferd und ritt davon.

Nun wartete am Fuß des Berges der Kutscher, der die Prinzessin zum Berg gebracht hatte. Er sollte abwarten und berichten, was geschehen war. Der Kutscher stieg auf den Berg, sah die Köpfe des Drachen und witterte sein Glück. Er sprach zu der Prinzessin: „Gehe hinunter zu der Kutsche! Setze dich in die Kutsche und warte auf mich. Ich habe hier noch etwas zu tun." Die Prinzessin ging den Berg hinab und setzte sich in die Kutsche. Kaum war sie unten angekommen, sammelte der Kutscher die Köpfe des Drachen ein und trug sie den Berg herunter. Er warf sie hinten auf seine Kutsche. Und dann fuhr er los. Als sie in ein kleines Waldstück kamen, hielt er an und sprach mit ruhiger, kalter Stimme: „Dein Vater hat demjenigen, der den Drachen tötet, deine Hand versprochen. Wenn wir in das Schloss kommen, so berichte jedem, dass ich den Drachen getötet hätte. Dann können wir heiraten. Tust du das nicht, bist du des Todes!" Was sollte die arme Prinzessin tun?

Nun, als sie in die in das Schloss zurückkamen, berichtete sie jedem, der Kutscher hätte den Drachen getötet. Da waren König und Volk aber froh! Die Stadt wurde bunt geschmückt und eine große Hochzeit wurde anberaumt. Allein, siehe da, die Prinzessin wurde krank. Und so musste die Hochzeit verschoben werden. Fortan schaffte es die Prinzessin immer wieder mit allerlei Listen dafür zu sorgen, dass die Hochzeit verschoben wurde. Schließlich fehlte nur noch ein Tag an einem Jahr seit der Drachenkampf vergangen war. Am nächsten Tag sollte nun wirklich Hochzeit sein. Da kam der junge Prinz zurück in die Stadt. Wieder kehrte er in den Gasthof ein.

Deutschland – Die Geschichten

Doch diesmal war alles anders. Die ganze Stadt war bunt geschmückt, die Leute waren bunt gekleidet. Sie sangen, sie lachten und sie pfiffen fröhliche Lieder. Da fragte der Prinz den Wirt: „Sprich, was ist hier geschehen? Als ich vor einem Jahr hierherkam war die Stadt in Trauer versunken. Und jetzt scheint alles fröhlich und glücklich zu sein. Also, was ist hier geschehen?" Und der Wirt erzählte: „Vor einem Jahr hat ein tapferer Kutscher den Drachen getötet und die Prinzessin gerettet. Und morgen soll jetzt eine große Hochzeit gefeiert werden."

Am nächsten Morgen sprach der Prinz zu dem Wirt: „Ich mag dein Frühstück nicht. Ich bin ein Prinz und Besseres gewohnt. Ich möchte von dem Braten, der auf dem Schloss zur Hochzeit serviert wird." Der Wirt erschrak: „Das ist völlig unmöglich junger Herr!" Der Prinz aber erwiderte: „Nun, dann muss ich meinen Wolf schicken." Und er schickte den Wolf auf das Schloss. Die Prinzessin erkannte sofort den Teil ihrer goldenen Kette, den sie dem Wolf um den Hals gelegt hatte. Und sie gab ihm ein großes, saftiges Stück von dem Braten mit. Der Wolf kehrte zurück und der Wirt wunderte sich gar sehr. Der Prinz aber sprach: „Sehr schön. Und jetzt gehe und hole mir ein Stück von dem Brot, das auf der Hochzeit serviert werden soll." Und wieder sprach der Wirt: „Aber nein, das wird völlig unmöglich sein. Ich kann dir kein Brot vom Schloss holen." Der junge Prinz ließ verlauten: „Dann muss ich meinen Löwen hinauf auf das Schloss schicken." Sprach's und tat's. Die Prinzessin erkannte wieder ein Stück ihrer goldenen Kette und gab dem Löwen ein Stück Brot. Der Löwe kehrte zurück und der Wirt wunderte sich noch mehr. Der Prinz sprach jetzt: „Der Wein, den sie auf der Hochzeit servieren werden, muss wunderbar süß sein. Gehe hoch und hole mir einen Schlauch von diesem Wein." Der Wirt aber antwortete abermals: „Nein, das ist völlig unmöglich.

Deutschland – Die Geschichten

Ich werde auf dem Schloss keinen Wein, der auf der Hochzeit serviert werden soll, erhalten. Selbst wenn ich erzähle, der Wein wäre für einen fremden Prinzen." Der Prinz tat, wie er es schon zuvor zweimal getan hatte. Er schickte jetzt den Bären auf das Schloss und wieder erkannte die Prinzessin die Kette, die der Bär um den Hals trug. Und so gab sie ihm einen Schlauch mit dem wunderbaren Wein. Der Bär kehrte zurück und brachte den Wein zum Prinzen. So sehr hatte sich der Wirt noch nie in seinem Leben gewundert! Da sprach der Prinz jetzt will ich mich stärken. Und er aß den Braten und das Brot und er trank den süßen Wein. Und als er fertig war sprach er: „Jetzt will ich hinaufgehen zum Schloss und die Hochzeit mitfeiern."

Er nahm sein Pferd und ritt hinauf zum Schloss. Da er immer noch seine Kleidung für die Wildnis trug, wurde dem König berichtet, vor dem Tor stünde ein Jäger, der Einlass begehrte. Der König dachte sich: „Ein Gedeck mehr für einen Wanderer aus der Wildnis, was soll das schon ausmachen?" Und so befahl er, den fremden Jäger vor seinen Thron zu führen. Dort sprach der junge Mann, der mit seinen wilden Tieren eingetreten war: „König, auch wenn ich nicht so aussehe, bin ich doch ein Prinz. Ich wanderte über Jahr und Tag durch die Wildnis, um Abenteuer zu erleben. Dabei traf ich diese Tiere, die meine treuen Gefährten wurden. Weil ich aber ein Prinz bin, möchte ich an eurer Seite sitzen." Der König glaubte ihm und war einverstanden. Und dann befahl der König die Hochzeit möge beginnen.

Und als die Musik ein wenig gespielt hatte, sprach der König: „Bevor ich jetzt meine Tochter mit dem Kutscher, dem tapferen Helden vermähle, möchte ich noch einmal die Geschichte hören, wie er den Drachen getötet hat." Da trat der Kutscher vor und erzählte mit blumigen Worten von seinem Abenteuer.

Deutschland – Die Geschichten

Er erzählte, wie er lange bis aufs Blut mit dem Drachen gekämpft hatte. Und er erzählte, wie er dem Drachen schließlich alle sieben Köpfe abgerissen hatte. Und als Beweis habe er die Köpfe des Drachen mit ins Schloss gebracht. Da wurden die Drachenköpfe auf silbernen Tabletten hereingetragen und auf einen Tisch aufgestellt. Der fremde Jäger aber sprach: „Was für ein tapferer Held! Einen so schrecklichen Drachen mit so hässlichen, fürchterlichen Köpfen zu töten." Dann stand er auf, ging zu den Drachenköpfen und öffnete die Mäuler. Und siehe da, den Drachenköpfen fehlten die Zungen!

Da sprach der Prinz: „Aber etwas ist merkwürdig. Sollte man nicht erwarten, dass solche Drachenköpfe Zungen haben?" Da wurde es dem Kutscher ganz warm um den Kragen. Der Prinz fuhr fort: „Nun, ich weiß, wo die Zungen sind." Mit diesen Worten zog er die Zungen aus seinem Beutel und hielt sie an die Schnittstellen im Halse der Drachenköpfe. Und siehe da, sie passten genau. Und dann sprach der Prinz: „Ich habe die Zungen, weil ich es vor Jahr und Tag war, der den Drachen getötet hat. Ich und nicht dieser Betrüger." Der König verstand und der Kutscher wurde in Ketten gelegt und in den Kerker geworfen.

Einige Versionen dieser Geschichte erzählen auch, dass er in ein Fass mit Nägeln geworfen und zu Tode geschleift wurde. Nun welche Strafe der Kutscher verdiente, mögt ihr selbst entscheiden. Der Prinz aber heiratete die Prinzessin. Es war eine große, gewaltige Hochzeit - 40 Tage und 40 Nächte lang. Es gab die süßeste Musik, die schönsten Geschichten und die feinsten Speisen. Und was aus den anderen beiden Prinzen geworden ist? Nun ich weiß es nicht. Ich müsste wohl zu der Fichte gehen und nachsehen, ob einer der Dolche Rost angesetzt hat.

(Hans Günter Seifert, Marmstorf bei Hamburg)

Deutschland – Die Geschichten

Der Geist im Glas (KHM 99)

Dieses Märchen aus den Kinder- und Hausmärchen nimmt das be-kannte Motiv des Flaschengeistes auf. Dieses Motiv ist uns vor allem aus „Aladin und die Wunderlampe" bekannt ...

Es war einmal ein armer Holzhauer. Er arbeitete Tag und Nacht. Als er einmal ein wenig Geld mit saurem Schweiße erworben hatte, sprach er zu seinem Sohn: „Du bist mein einziges Kind. Ich will das Geld, das ich erworben habe, zu deiner Ausbildung anwenden. Lernst du etwas Rechtschaffenes, so kannst du mich im Alter versorgen." Dann nahm der Sohn das Geld und zog fort in die Stadt. Fortan ging er in die Schule und lernte fleißig, sodass die Lehrer ihn rühmten. Als er aber ein paar Schulen durchgelernt hatte, ohne bereits in allem perfekt zu sein, da war das bisschen Armut, dass sein Vater ihm gegeben hatte, draufgegangen. So musste der Sohn heimkehren zu seinem Vater.

Dieser sprach: „Ach mein Sohn, ich kann dir nicht mehr geben. Ich kann kaum einen Heller mehr verdienen, als das tägliche Brot." Da sprach der Sohn: „Ach Vater, wenn's denn so ist, dann will ich mich schon dreinschicken. Und wer weiß, vielleicht schlägt es zu meinem Glücke aus." Als der Vater nun aber in den Wald gehen wollte, um ein wenig Geld mit Feuerholz zu verdienen, da wollte der Sohn mitgehen und ihm helfen.

Sprach der Vater: „Das wird dir wohl beschwerlich ankommen. Du bist harte Arbeit nicht gewöhnt. Und außerdem habe ich nur diese eine Axt und kein Geld, um noch eine Axt zu kaufen." Der Sohn entgegnete: „Geht nur zum Nachbarn.

Deutschland – Die Geschichten

Der leiht euch seine Axt, bis ich selber genug verdient habe, um mir eine eigene Axt zu kaufen." Und am anderen Tag, am Morgen, gingen sie zum Holz sammeln hinaus in den Wald. Der Sohn half dem Vater und war ganz frisch und fröhlich dabei. Als die Sonne zur Mittagszeit am höchsten stand, sprach der Vater: „Wir wollen ein wenig rasten. Wir wollen uns ein wenig ausruhen. Hernach geht es noch einmal so gut." Dann nahm der Sohn sein Brot in die Hand und sprach: „Ruht ihr euch nur aus. Ich bin nicht müde. Ich will ein wenig im Wald umhergehen und Vogelnester suchen." „Was willst du dort herumlaufen? Nachher bist du müde und kannst den Arm nicht mehr heben. Bleibt hier und setze dich zu mir!" Der Sohn aber schüttelte den Kopf und ging in den Wald hinein.

Er aß sein Brot und sah ganz fröhlich in die grünen Zweige hinein, ob er nicht ein Nest entdeckte. So ging er fröhlich durch den Wald, bis er zu der großen, gefährlichen Eiche kam, die bestimmt schon viele 100 Jahre alt war und die keine fünf Menschen umspannt hätten. In dieser Eiche mag so mancher Vogel sein Nest gebaut haben. Dann deuchte ihm auf einmal, er höre eine Stimme. Recht dumpf rief diese Stimme: „Lass mich heraus, lass mich heraus!" Er sah sich um, konnte aber nichts entdecken. Es schien dem Jungen, als würde die Stimme aus der Erde herauskommen. Da fragte er: „Wo bist du?" „Ich stecke herunten bei den Eichwurzeln. Lass mich heraus, lass mich heraus!" Da suchte der Junge, bis er herunten bei den Eichwurzeln eine kleine Glasflasche entdeckte. Darin war ein Ding, gestaltet wie ein Frosch, das auf und ab hüpfte: „Lass mich heraus, lass mich heraus!" Da hob der Junge die Flasche auf und zog den Stopfen heraus. Alsbald stieg in einem Rauch ein Geist hervor. Der Geist begann zu wachsen und wuchs und wuchs unendlich schnell, bis ein schrecklicher Kerl, so groß wie der halbe Baum, vor dem Schüler stand.

Deutschland – Die Geschichten

„Weißt du denn wohl, was dein Lohn dafür ist, dass du mich herausgelassen hast?" „Wie soll ich das wohl wissen?" „So will ich es dir sagen. Den Hals werde ich dir dafür brechen, dass du mich herausgelassen hast." Da sprach der Jüngling „Das hättest du mir eher sagen sollen. Dann hätte ich dich drinstecken lassen. Mein Kopf aber soll fest vor dir stehen, da müssen mehr Leute gefragt werden." „Sollen doch mehr Leute kommen! Nein, deinen verdienten Lohn sollst du haben. Ich werde dir den Hals brechen, dafür, dass du mich herausgelassen hast. Glaubst du denn, ich wäre aus Gnade so lange darin eingesperrt gewesen? Nein, es war zur Strafe. Ich bin der großmächtige Mercurius! Wer mich loslässt, dem breche ich den Hals." „Sachte, so einfach ist das nicht. Erst muss ich wissen, dass du wirklich in der Flasche gesessen hast und der rechte Geist bist. Kannst du auch wieder in die Flasche hinein? Schaffst du das, so will ich es wohl glauben und mich in mein Schicksal fügen. Dann kannst du mit mir tun, was du willst" Der Geist lachte: „Das ist eine geringe Kunst!" Dann zog er sich wieder zusammen, so klein und schmal, dass er durch dieselbe Öffnung der Flasche wieder hineinpasste. Und er schlüpfte in die Flasche hinein. Kaum aber war der Geist wieder in der Flasche, dann nahm der Junge den Stopfen und steckte ihn an seinen alten Platz zurück. Dann warf er die Flasche an den alten Platz unter den Eichwurzeln zurück und der Geist war betrogen.

Sofort fing dieser wieder an zu jammern: „Lass mich raus, lass mich raus!" „Nein, wer mir einmal nach dem Leben gestrebt hat, den lass ich nicht wieder frei, wenn ich ihn wieder eingefangen habe." „Nein", sprach der Geist, „ich will dich reichlich belohnen, wenn du mich herauslässt." „Du würdest mich nur betrügen, wie beim ersten Mal. Schön dumm wäre ich, wenn ich dich auch dieses Mal wieder herausließe." Der Geist erwiderte: „Du verscherzt es dein Glück!

Deutschland – Die Geschichten

Ich will dir nichts tun, ich will dich reich belohnen, wenn du mich herauslässt." Da dachte der Schüler, so dumm wie der Geist ist, soll er mir doch nichts anhaben. Er zog den Stopfen aus der Flasche und es war wie beim ersten Mal. Der Rauch stieg auf und der Geist begann zu wachsen bis er wieder groß und riesig vor dem Schüler stand: „Nun sollst du deinen Lohn erhalten." Er gab dem Schüler einen Lappen, ganz klein, wie ein Pflaster. Dazu sprach der Geist: „Wenn du mit dem einen Ende eine Wunde bestreichst, so heilt sie und wenn du mit dem anderen Ende Stahl oder Eisen bestreichst, so wird es zu Silber." Da sprach der Schüler: „Das wollen wir doch gleich einmal ausprobieren." Er ging zu einem Baum und ritzte mit seiner Axt die Rinde. Dann bestrich er die Wunde mit dem einen Ende des Tuches und siehe da, alsbald schloss sie sich wieder. „Nun, es hat seine Richtigkeit. Dann sollst du jetzt frei sein." Der Geist dankte dem Schüler für seine Erlösung und verschwand. Der Schüler aber machte sich auf den Weg und ging zu seinem Vater zurück.

Als er zu seinem Vater kam, sprach dieser: „Wo bist du gewesen? Warum hast du die Arbeit vergessen? Ich habe es ja gleich gesagt, dass du nichts zuwege bringst." Der Sohn entgegnete: „Ich will die Arbeit gerne nachholen." „Nachholen! Das hat keine Art, so macht man das nicht." Der Sohn aber erwiderte: „Gib' acht, was jetzt geschieht." Er nahm seine Axt und ging zu einem Baum. Dann bestrich er die Axt mit dem anderen Ende des Tuches und tat einen gewaltigen Schlag. Weil nun aber die Axt in Silber verwandelt war, legte sich die Schneide krumm. Der Junge ging zurück zu seinem Vater und sprach: „Der Nachbar hat uns eine schlechte Axt gegeben. Die ist ganz schief geworden." Da erschrak der Vater und sprach: „Nun muss ich die Axt bezahlen und weiß nicht wovon. Das ist der Nutzen, den ich von deiner Arbeit habe." „Die Axt will ich dir wohl bezahlen."

Deutschland – Die Geschichten

„O du Dummbart! Die Axt willst du bezahlen? Wovon denn? Das sind Studentenkniffe, die dir im Kopf herumgehen. Aber vom Holzhacken hast du keinen Verstand." „Wir wollen lieber Feierabend machen", sprach der Junge. „Ei was, Feierabend machen? Die Arbeit liegen lassen, so wie du? Das könnte dir so gefallen. Ich muss noch schaffen. Du aber kannst dich nach Hause trollen." Der Sohn erwiderte: „Ach nein, ich mag den Weg nicht alleine gehen." Nun hatte sich der Zorn des Vaters gelegt und so willigte er ein, mit seinem Sohn nach Hause zu gehen.

Zuhause sprach der Vater: „Nun nimm die Axt und versuche, sie zu verkaufen. Den Rest, den ich brauche, um sie dem Nachbarn zu bezahlen, muss ich mit meiner Arbeit verdienen." Da ging der Junge in die Stadt zu einem Goldschmied. Er gab ihm die Axt, damit er sage, was sie wohl wert wäre. Der Goldschmied legte die Axt auf eine Waage und sprach: „Sie ist 400 Taler wert. So viel habe ich nicht im Hause." Da sprach der Junge: „So gebt mir denn, was ihr habt. Den Rest will ich mir morgen holen." Der Goldschmied gab dem Jungen 300 Taler und blieb die restlichen 100 schuldig. Der Junge ging zurück zu seinem Vater und sprach: „Nun geht und fragt den Nachbarn, was er für seine Axt haben will." „Das weiß ich schon, einen Taler sechs Groschen." „Dann geht zum Nachbarn und gebt ihm zwei Taler und zwölf Groschen. Das ist das Doppelte von dem, was er haben will und mehr als genug. Ich habe Geld im Überfluss." Und er gab seinem Vater 100 Taler. „Mein Gott, wie bist du zu all diesem Reichtum gekommen?"

Da erzählte ihm der Junge, wie sich alles zugetragen hatte. Und wie er mit seinem Mut diesen Schatz erringen konnte. Der Vater lebte fortan in Bequemlichkeit. Der Student aber ging zurück an die hohe Schule.

Deutschland – Die Geschichten

Und weil er mit seinem Tüchlein alle Wunden heilen konnte,
war er bald der berühmteste Arzt im ganzen Reich.

(Brüder Grimm – Kinder- und Hausmärchen)

Die kluge Bauerntochter (KHM 94)

Die Geschichte von der klugen Bauerntochter ist ebenfalls weit ver-
breitet. Unter dem Titel „Khan Bulabek" habe ich eine kasachische
Variante von Annika Hoffman gehört. Auch hier – wie in vielen
orientalischen Märchen auch – obliegt es der klugen Frau, den unver-
ständigen Mann zu retten …

Vor langer Zeit lebte in diesem Land einmal ein Bauer.
Der besaß zwar ein kleines Haus, konnte aber weder
einen Acker oder eine Wiese noch eine Kuh oder ein
Pferd sein Eigen nennen. Obendrein war ihm auch noch seine
Frau gestorben, als sie ihm ein Mädchen gebar. Was aber ist ein
Mann, der ein Haus und eine Tochter hat, aber weder einen
Acker noch eine Wiese, weder eine Kuh noch ein Pferd? Er ist
ein armer Mann!

Regiert wurde dieses Land von einem jungen König, der,
so sagt man, von der Armut des Bauern erfuhr. Da schenkte
der König, so sagt man, dem Bauern einen kleinen Acker. Da
freuten sich der Bauer und seine Tochter sehr. Sie machten sich
sogleich an die Arbeit und brachten Samen für Korn und andere Früchte in die Erde. Weil nun aber der Acker so klein war,
hatten die beiden die Arbeit bis zum Mittag fast geschafft. Da
entdeckte der Bauer, als er den Spaten in die Erde stieß, ein
hartes Gefäß aus glänzendem Metall. "Was ist das?" fragte die

Deutschland – Die Geschichten

Tochter, „ist das ein Krug oder ein Topf oder ein Fass?" „Krug, Topf, Fass, nein, nein, nein, das ist ein Mörser. Man legt Körner hinein und kann sie mit einem Stößel zu feinem Mehl zerstoßen." „Er glänzt, als sei er aus purem Gold. Wir sind reich!" „Nein, der Mörser gehört uns nicht. Der König hat uns diesen Acker geschenkt und hier haben wir den Mörser gefunden. Ich will den Mörser dem König bringen." Da sprach die Tochter: „Nein, tu' das nicht! Ist der König so, wie man sagt, wird er sich mit einem Mörser nicht zufriedengeben und auch den Stößel verlangen. Und kannst du ihn nicht bringen, wer weiß, vielleicht wird er dich ins Gefängnis werfen." Der Bauer aber wollte nicht auf seine Tochter hören.

Er trug den Mörser zum König und sprach, dass er diesen Mörser auf dem Acker, den ihm der König ihn geschenkt hatte, gefunden habe. Und also wolle er ihm nun den Mörser zum Danke geben. Der König bedankte sich für den schönen Mörser und dann, siehe da, sprach er: „Bauer, hast du nicht auch einen Stößel zu diesem Mörser gefunden?" Der Bauer antwortete: „Nein, ein Stößel war nicht dabei." Da sprach der König: „Bauer, du denkst, ich wäre jung und dumm. Du glaubst, du kannst mir sonst etwas vormachen. Wenn ich ihm den Mörser bringe, wird er schon zufrieden sein. Aber nein, Freundchen, zu diesem Mörser will ich auch den Stößel. Ich gebe dir genug Zeit, darüber nachzudenken, wo der Stößel ist. Wache, werft ihn in den Kerker!" Da erwiderte der Bauer: „Ach hätte ich doch nur auf meine Tochter gehört." „Was hat deine Tochter denn gesagt?", wollte der König wissen. Der Bauer sprach: „Ein König gibt sich nicht so leicht zufrieden. Bringst du ihm den Mörser, musst du auch den Stößel schaffen. Sonst wird er dich ins Gefängnis werfen." Sprach der König: „So? Habt ihr so eine kluge Tochter, so soll sie einmal herkommen." Und also musste die Tochter des Bauern vor den König kommen. Der König sprach: „Ich will dir ein Rätsel aufgeben.

Deutschland – Die Geschichten

Kannst du es lösen, so lasse ich deinen Vater frei und nehme dich zur Frau." Denn die schöne Bauerstochter gefiel dem König gar sehr. „Nur zu." Der König sprach: „In drei Tagen sollst du zu mir kommen, nicht gekleidet und nicht nackt. Nicht geritten und nicht gefahren. Nicht auf dem Weg und nicht in dem Weg."

Da ging sie heim und zog sich splitternackt aus. Dann wickelte sie sich in ein großes Fischgarn. Und das war nicht nackend und nicht bekleidet. Dann borgte sie sich einen Esel und band ihm das Fischgarn an den Schwanz. Und der Esel musste sie fortschleppen. Und das war nicht geritten und nicht gefahren. Der Esel aber musste sie in der Fahrgleise schleppen so, dass nur ihr großer Zeh den Boden berührte. Und das war nicht in dem Weg und nicht außer dem Weg. So kam sie zum König, der sprach: „Du hast es getroffen." Der König ließ ihren Vater aus dem Kerker holen und nahm sie selber zur Frau. Die beiden hatten viel Freude aneinander, denn das kluge Mädchen wusste oft Rat, wenn der König selber nicht mehr weiterwusste. Alleine sie durfte ihre Weisheit mit niemandem außer dem König teilen …

Die Jahre vergingen. Dann musste der König einmal auf eine große Parade. Da trug es sich zu, dass zwei Bauern mit ihren Wagen zum Schloss kamen und vor dem Schloss Holz verkauften. Der eine hatte Pferde vor seinen Wagen gespannt, der andere Ochsen. Da bekam eines der Pferde, die Stute, ein Fohlen. Das Fohlen lief sogleich davon und legte sich zwischen die zwei Ochsen. Als die Bauern zusammenkamen, da fingen sie an zu zanken. Sie lärmten, wem wohl das Fohlen gehören soll. Der Ochsenbauer sprach: „Es hat bei meinen Ochsen gelegen, also gehört es mir." „Nein, nein, Ochsen können keine Fohlen bekommen. Das Fohlen kommt von meinen Pferden und also ist es mein."

Deutschland – Die Geschichten

Der Streit kam vor den König, der sprach: „Wo das Fohlen gelegen hat, da soll es bleiben." Und also bekam es der Ochsenbauer, dem es doch nicht gehörte. Traurig machte sich der Pferdebauer auf den Weg.

Nun hatte er aber gehört, dass die Königin eine kluge Frau und eine Bauerstochter war. Und also beschloss er, sie zu bitten, dafür zu sorgen, dass er sein Fohlen zurückbekäme. „Unter einer Bedingung. Du darfst niemals jemandem erzählen, von wem du diesen Rat hast. Auch nicht dem König." „Das will ich tun." „So höre! Morgen früh fährt der König wieder auf eine Parade. Nimm dir ein großes Fischnetz und stelle dich mitten auf den Weg, auf dem der König kommt. Tue, als ob du fischtest. Und tue auch, als ob du das Netz ausschüttest, als wäre es voller Fische." Und sie sagt ihm auch, was er antworten sollte, wenn der König fragte, was er da täte.

Am nächsten Morgen machte der König sich auf den Weg. Und wie er an die nämliche Stelle auf dem Weg kam, da warf der Bauer in hohem Bogen sein Fischnetz aus. Und er tat gerade so, als ob er ein volles Netz ausschüttet. Da fragte der König ihn: „Was tust du da?" Der Bauer erwiderte: „Ich fische!" Und als der König ihn fragte, wie das denn gehe, auf einem trockenen Platz zu fischen, da sprach der Bauer: „So gut wie zwei Ochsen ein Fohlen bekommen können, so gut kann ich auf einem trockenen Platz fischen." Da sprach der König: „Bauer, sage mir, von wem stammt dieser Rat? Ich sehe wohl, dass er nicht von dir stammt." „Oh doch, das war meine Idee." Jetzt drohte ihm der König mit Kerker und Folter. Und da gestand der Bauer: „Die Königin war es, die mir diesen Rat gegeben hat."

Der König ging nach Hause und sprach zu seiner Frau: „Warum bist du so falsch zu mir? Ich will dich nicht mehr zur

Deutschland – Die Geschichten

Gemahlin! Geh wieder dahin zurück, woher du gekommen bist! Deine Zeit hier ist um." Als Dank für die schönen, gemeinsamen Jahre aber erlaubte der König ihr, das schönste und liebste mitzunehmen, das sie wusste. Das war ihr Abschied. Da antwortete das Mädchen: „Wenn du es so befiehlst, dann will ich es tun. Doch lass uns zum Abschied einen Wein trinken." In den Wein aber tat sie drei Tropfen eines starken Schlafmittels. Und kaum hatte der König den Becher an seinen Lippen, da fiel er auch schon in einen festen, tiefen Schlaf. Da ließ sie ihn in ein Tuch einschlagen, ließ den Wagen vorfahren, hieß die Bediensteten, das Paket auf den Wagen zu laden und fuhr zu sich nach Haus. Dort schlief der König einen Tag und eine Nacht in einem fort.

Als er aber erwachte, da sprach er: „Ach Gott, wo bin ich?" Da sprach sie: „Mein König, ihr habt mir befohlen, das liebste und schönste mitzunehmen, was ich habe. Und das schönste und liebste, was ich habe, seid nun einmal ihr." Der König entgegnete: „Liebe Frau, wie konnte ich mich nur so in euch täuschen? Wollt ihr mit mir zurück auf mein Schloss? Und dort mit mir leben? Für immer?" Und da sie einverstanden war, nahm der König sie auf seine Arme und trug sie den ganzen Weg zum Schloss zurück. Dort ließ er sich auf einem großen Fest, dass zu ihrer Ehre gefeiert wurde, erneut mit ihr vermählen. Und wenn sie nicht gestorben sind, dann leben sie noch heute.

(Brüder Grimm – Kinder- und Hausmärchen)

***

Deutschland – Die Rezepte

Würziges Hühnerfrikassee

Zutaten (für 4 Portionen):

1,2 kg Hähnchen (oder Hähnchenschenkel)
1 Zwiebel
1 Bund Suppengrün
2 Lorbeerblätter, klein
8 Körner Pfeffer, schwarz
Salz
200 g Champignons
2 EL Öl
580 ml Spargel, aus dem Glas
1 Bund Schnittlauch
40 g Butter
40 g Mehl
Pfeffer, weiß, frisch gemahlen
1 Prise Zucker
1 EL Zitronensaft
Etwas trockener Weißwein (ca. 5 ml Wein)
1 EL Kapern
1 Ei, davon das Eigelb
Petersilie

Zubereitung:

Die Zwiebel schälen und vierteln. Suppengrün putzen, waschen und eventuell schälen. Sellerie würfeln. Die Möhren halbieren und den Porree in Stücke schneiden. Das Hähnchen waschen.

Deutschland – Die Rezepte

Hähnchen, Suppengrün, Zwiebel, Lorbeer, Pfefferkörner, Salz und 1,5 Liter Wasser aufkochen und ca. 1 Stunde köcheln lassen.

Währenddessen Champignons putzen und halbieren. Öl erhitzen. Pilze darin anbraten und herausnehmen. Spargel abtropfen lassen und in Stücke schneiden. Schnittlauch waschen und in feine Röllchen schneiden.

Hähnchen aus der Brühe heben. Brühe durch ein Sieb gießen. Möhren nach Belieben mit einem Buntmesser in Scheiben schneiden. 750 ml Brühe abmessen. Das Hähnchen von Haut und Knochen lösen und in kleine Stücke schneiden.

Butter in einem Topf zerlaufen lassen und das Mehl darin unter Rühren anschwitzen. Mit Brühe ablöschen und unter Rühren aufkochen lassen. Mit Salz, Pfeffer, Zucker, Zitronensaft und Wein abschmecken.

Hähnchenfleisch mit Pilzen, Kapern, Möhren und Spargel in der Soße erhitzen. Eigelb mit 3 Esslöffeln der Soße verquirlen und vorsichtig in das Frikassee rühren. Dabei nicht mehr kochen lassen. Frikassee mit Schnittlauch und Petersilie bestreuen.

Dazu schmeckt am besten Reis.

Deutschland – Die Rezepte

Lammragout mit buntem Gemüse

Zutaten (für 4 Portionen)

800 g Lammfleisch aus der Hüfte
30 g Butter oder Butterschmalz
30 g Olivenöl
1 große oder 2 kleine Zwiebel(n)
1 Zehe Knoblauch
200 g Kartoffeln
2-3 Möhren
150 g Sellerie
20 g Mehl
1 Dose Tomaten
150 ml Gemüsebrühe
1 EL getrocknete Minze
100 g grüne Bohnen
1/2 Bund gehackte Petersilie
1 TL frischer Thymian
1 EL Senf
Pfeffer nach Belieben

Zubereitung:

Fleisch in ca. 2 cm große Würfel schneiden, Zwiebel(n), Möhren, Kartoffeln und Sellerie ebenfalls in Würfel schneiden. Tomaten abtropfen (dabei den Saft auffangen) und grob zerkleinern.

Butter und Öl erhitzen und das Fleisch portionsweise in einer Pfanne anbräunen, Zwiebeln goldgelb anbraten, Knoblauch, Kartoffeln, Möhren und Sellerie zufügen und mitbraten, bis sie leicht Farbe bekommen.

Deutschland – Die Rezepte

Mehl unterrühren. Tomaten mit Saft, Brühe, Minze, Bohnen, die Hälfte der gehackten Petersilie, Thymian und Senf hinzufügen, mit Pfeffer abschmecken.

Fleisch und Gemüse in einen Topf füllen und ca. 45 Minuten mit geschlossenem Deckel bei mittlerer Hitze garen.

Restliche Petersilie über das fertige Ragout streuen. Mit warmem Baguette und einem leichten Salat wie z.B. Feldsalat servieren.

***

Epilog

Finn und die süßeste Musik

Begonnen habe ich diese Sammlung mit dem keltischen Gedicht von der Gastfreundschaft und einer Geschichte, die rund um den Globus gelten kann. Abschließen möchte ich mit einer kleinen Geschichte aus dem keltischen Finn-Zyklus, die ebenfalls allen Menschen eine Hilfe im Leben sein kann. Angesichts der vielen Herausforderungen, die die Integration der neuen Mitbürger mit sich bringt, scheint mir diese Geschichte – obgleich keltischen Ursprungs – der ideale Abschluss für diese Sammlung zu sein ...

Die Fianna waren ein Volk von Jägern und Kriegern. Sie waren niemandem untertan, landlos, aber keine Ausländer. Sie wurden von niemandem beherrscht und beherrschten niemanden. Ihre einzige Aufgabe war es, fremde Eroberer von den Küsten von Eire und Alba - Irland und Schottland - fernzuhalten. Der oberste der Fianna aber war Finn McCool - Finn McCumhail. Und Finn hatte drei Söhne. Caolte war der schnellste Läufer der Fianna. Wenn er am frühen Morgen über das taufrische Gras lief, knickte er nicht einen einzigen Halm. Diarmod war der größte Kämpfer der Fianna. Er trug einen strahlend blonden Haarschopf und niemand konnte ihn auf dem Schlachtfeld überwinden. Aber er stand unter einem Fluch und jede Frau, die seiner ansichtig wurde, verliebte sich sofort in ihn. Oisin war der Barde der Fianna. Auch er ein großer Kämpfer. Oisin wusste um 1000 mal 1000 Lieder und Geschichten.

Eines Tages hatten sie, die Fianna, wieder einmal eine große Schlacht siegreich beendet. Sie versammelten sich um die Feuer am Strand.

Epilog

Da fragte Finn: "Caolte, was ist die süßeste Musik?" Und Caolte antwortete: "Die süßeste Musik ist das Rauschen des Windes in meinen Ohren, wenn ich laufe." Da fragte Finn: "Diarmod, was ist die süßeste Musik?" Und Diarmod antwortete: "Die süßeste Musik ist der Klang der Schwerter und Schilde auf dem Schlachtfeld." Und Finn fragte: "Oisin, was ist die süßeste Musik?" Oisin antwortete: "Die süßeste Musik ist der Gesang einer schönen, jungen Frau." Und als jeder geantwortet hatte, fragten Finns Söhne: "Finn, was ist die süßeste Musik?" Da sprach Finn:

"Die süßeste Musik ist das, was ist."

(David Campbell, Edinburgh, Schottland, 2014)

***

Quellen

Ein Bauer erhält Besuch
>   Bisher unveröffentlicht, Kay Lorenz, 2016

Der blinde Mann und der Jäger
>   Annika Hoffmann, Kempten; Hugh Lupton, Norfolk,
>   England

Die Kuhschwanzgerte
>   Dr. Christel Lukoff, Petaluma, Kalifornien; Hugh Lup-
>   ton, Norfolk, England

Kwaku Anansi und die Weisheit
>   Claudia Duval, Hannover

Der Dorfheld
>   Almaz und Karlheinz Böhm (Hrsg.) „Auf den Spuren
>   des Löwen" 2006, G&G Buchvertriebsgesellschaft
>   mbH, Wien

Wie der Schakal zu seinem Recht kam
>   Almaz und Karlheinz Böhm (Hrsg.) „Auf den Spuren
>   des Löwen" 2006, G&G Buchvertriebsgesellschaft
>   mbH, Wien

Das schöne Mädchen und der Riese
>   Dr. Mir Hafizuddin Sadri, www.afghan-aid.de

Der Traum der Prinzessin
>   Gisela Borcherding (Hrsg.), Granatapfel und Flügel-
>   pferd, Eigenverlag Freundeskreis Afghanistan.
>   1975/2008

Quellen

Der Baum des Lebens
    Der Zauberbrunnen, Gustav Kiepenhauer, Leipzig & Weimar, 1985

Das Geschenk der Löwin
    Gidon Horowitz, Stegen; auch auf Hekaya.de

Die kleine Schwalbe und der Tannenbaum
    Dr. Mir Hafizuddin Sadri, www.afghan-aid.de

Die kluge Tochter des Padischahs und der Perlendieb
    Olaf Steinl, Hannover sowie Kaschkul, Patmos Verlag, 2005

Auch dies wird vergehen
    Jörn-Uwe Wulf, Hamburg, Audio-CD, Der Tod und das Märchen,

Der Kaufmann und der Papagei
    Kaschkul, Patmos Verlag, 2005

Der Mullah und der Esel
    Nach Nossrat Peseschkian, Der Kaufmann und der Papagei, Fischer Verlag, 1979

Der Eseltreiber und die zwei Diebe
    Unbekannt, gehört 2016 in Hannover

Die singende Rose
    Audio-CD Die singende Rose, Goya Lit, Jumbo, 2004

Quellen

Der Mäusevertilger
>   Gotthelf Bergsträsser (Hg.): Neuaramäische Märchen
>   und andere Texte aus Malula, F.A. Brockhaus, 1915
>   sowie Rafik Schami, dtv Verlagsgesellschaft, 1990-2016

Die Frau, die den Himmel betrog
>   Audio-CD Die singende Rose, Goya Lit, Jumbo, 2004

Die Edelsteinschärpe der Tochter des Löwenkönigs
>   Prym, E./Socin, A.: Syrische Sagen und Märchen aus
>   dem Volksmunde, Vandenhoeck & Ruprechts Verlag,
>   1881

Die Blume des Glücks
>   Zigeunermärchen, Märchen der Weltliteratur, Eugen
>   Diederichs, Bertelsmann Lizenzausgabe, 1962

Der Teufel und die drei Töchter des Grafen
>   Zigeunermärchen, Märchen der Weltliteratur, Eugen
>   Diederichs, Bertelsmann Lizenzausgabe, 1962

Das dumme Weib
>   Jarník, J. U.: Albanesische Märchen und Schwänke. In:
>   Zeitschrift für Volkskunde in Sage und Mär [...]
>   Frankenstein und Wagner, 1890 sowie http://die-
>   geobine.de/marchen/albanien.htm

Der Vogel in der Brust des Königs
>   Micaela Sauber, Hamburg sowie Felix Karlinger, Auf
>   Märchensuche im Balkan, Eugen Diederichs, 1990

Quellen

Die zwei Groschen
> Milena Preindlsberger-Mrazovic, Bosnische Volksmärchen, A. Edlinger, Innsbruck, 1905

Der Drachentöter
> Hans-Günter Seiffert, Marmstorf bei Hamburg

Der Geist im Glas
> Brüder Grimm, Kinder- und Hausmärchen (KHM99)

Das kluge Mädchen
> Brüder Grimm, Kinder- und Hausmärchen (KHM94)

Finn und die süßeste Musik, David Campbell
> Erzählt von David Campbell,
> Scottish International Storytelling Festival,
> Edinburgh, 2014

Die Geschichte von der Hochzeit aus dem Vorwort beruht auf einem „Experiment", dass Bernhard Hoecker am 25. März 2016 in der NDR Talkshow durchgeführt hat.

Die hier vorgestellten Märchen und Geschichten sind allesamt traditionelle Erzählstoffe, die von mir mehr oder weniger bearbeitet und nacherzählt wurden. Sie gehören heute zum kulturellen Allgemeingut der Völker. Ich würde mich freuen, wenn diese Geschichten aufgegriffen und möglichst oft bearbeitet und weitererzählt werden.

Nachgedacht ...

Integration - wir schaffen das!

In der Geschichte vom Bauern und seinem Besuch geht es vordergründig um die zehn Gebote. Das mag Ihnen aufgefallen sein. Aber ist Ihnen auch aufgefallen, dass dort zusätzlich die buddhistische Lehre vom Leid auftaucht? Die Lehre, die besagt, dass Hass, Gier und Verblendung zum Leid führen? Vermutlich nicht ... Und noch weniger dürften zwei Zitate - das eine aus der „Star Wars“-Saga, das andere aus dem „Herrn der Ringe“ - aufgefallen sein. Das Bild „Angst, Wut, Hass“ stammt aus der ersten „Star Wars“ Trilogie. Der weise Jedi-Meister Joda erläutert den Weg zur „dunklen Seite der Macht“. Das Bild von den Toten, die für ihre Taten das Leben verdienen, stammt aus den ersten Band des Herrn der Ringe, „Die Gefährten“. Diese Geschichte vereint also Grundlagen der Ethik der großen Weltreligionen mit ethischen Ansätzen der zwei größten, kulturprägenden Fantasy-Epen des 20. Jahrhunderts.

Es geht für mich bei der Frage der Integration vor allem um die kulturellen Schätze und die Sozialisation. Die berufliche Integration kann zunächst einmal als nachrangig gelten. Wir müssen mit der Integration zunächst die Teilhabe an der Gesellschaft ermöglichen, was ebenso wie ein Zugang zu „guter“ Nahrung, zu sauberem Wasser und einem sicheren Schlafplatz zu den biologischen Notwendigkeiten gehört (der Mensch ist auch im biologischen Sinn ein soziales Wesen, das ohne den – empathischen – Kontakt zu anderen Menschen nicht wirklich existieren kann). Erst dann, wenn es gelingt, zunächst die kulturelle Vielfalt der Neuankömmlinge und die Sozialisation, die alle diese Menschen mitbringen, zu würdigen, können wir sagen: „Integration – wir schaffen das“.

Nachgedacht ...

Jeder Versuch, mitgebrachte, kulturelle Werte und vorhandene Sozialisationen durch unsere deutsche Kultur und Sozialisation zu ersetzen, wird dagegen scheitern – „Integration – das wird nichts". Leider wird genau dies in den Integrationskursen häufig versucht. Dort werden Sprachkenntnisse vermittelt (sehr zu begrüßen mit Blick auf eine mögliche gesellschaftliche Teilhabe) und darüber hinaus wird in vielen Stunden „Werteunterricht" versucht, deutsche Werte und deutsche Kultur so zu vermitteln, dass die Neuankömmlinge assimiliert werden und in der deutschen Gesellschaft funktionieren, ohne weiter aufzufallen. Es ist völlig klar, dass ein solcher Ansatz scheitern muss, da er keiner der beiden Seiten einen wirklichen Nutzen bringt.

Die hier vorgestellten Märchen, Geschichten und Rezepte können für eben diese Integration eine gute Basis bilden, zeigen sie doch, dass wir alle im Grunde dieselben Werte teilen – wobei die Art und Weise, wie wir diese Werte leben, ganz unterschiedlich und immer auch abhängig von den Lebensumständen des einzelnen Menschen ist.

Und wie müssen wir den Menschen und der Situation begegnen, damit Integration gelingt? Mit E.P.I - Empathie, Pragmatismus und Intuition. Empathie bedeutet, die Menschen mitfühlend - nicht mitleidend - als Individuen anzuerkennen. Als Menschen, die einem arabischen Gedicht zufolge Geschichten erlebt, gehört und erzählt haben. Wir wollen unsere Neuankömmlinge als Menschen mit ganz persönlichen Geschichten und Bedürfnissen anerkennen und nicht als anonyme Masse sehen, die „korrekt" verwaltet, richtig erzogen und in die Gesellschaft und den Arbeitsmarkt integriert werden muss.

Nachgedacht ...

Pragmatismus heißt, ergebnisorientiert und situationsbezogen zu handeln. Wir sollten uns ansehen, welches Ergebnis – zum Wohle aller Beteiligten - wir in der aktuellen Situation erreichen wollen und dann entsprechend handeln (und dabei darauf achten, nicht zu viele Regeln zu brechen). Wir wollen nicht in erster Linie darauf achten, dass Regeln und normierte Prozesse eingehalten werden und dann nur das tun, was in diesem Rahmen möglich ist. Und dort, wo es noch keine Regeln gibt, sollte der Fokus darauf liegen, das nötige zu tun und nicht darauf, neue Regeln zu schaffen. Intuition schließlich bedeutet, auch das Gefühl mit in unsere Entscheidungen einfließen zu lassen. Bei der Entscheidung, ob wir unserem Gegenüber z.B. Asyl gewähren, müssen wir im Zweifel also auch einmal darüber nachdenken, ob man einfach das Gefühl hat, dass die Geschichte, die unser Gegenüber erzählt, ein Bild und ein Gefühl entstehen lässt, das einen positiven Asylbescheid rechtfertigt. Und das auch dann, wenn nicht genügend Informationen für eine „sachliche" Entscheidung vorliegen. Bei derartigen Entscheidungen - vor allem wenn es um Menschen geht, die unsere Hilfe dringend brauchen - ist es meines Erachtens viel wichtiger, ein gutes Gefühl mit einer Entscheidung zu haben, als alleine Informationen, die das Gegenüber gibt, gegen Schlüsselworte in gesetzlichen Normen abzugleichen. Wir wollen also wirklich den Menschen und der Situation mit Empathie, Pragmatismus und Intuition begegnen, damit wir zu recht sagen können: „Integration - wir schaffen das".

Die Märchen in dieser Sammlung sind mit Bedacht so gewählt, dass sie nicht nur unsere Gäste und neuen Mitbürger vorstellen, sondern auch zeigen, dass die Menschen überall auf der Welt dieselben Fragen beschäftigen. Da wäre zum Beispiel die Geschichte vom Kaufmann und dem Papageien. Eine Geschichte, die in einer anderen Version auch in Schottland zu

Nachgedacht ...

finden ist („Der Flug des goldenen Vogels", erzählt vom großen Duncan Williamson"). Das gleiche gilt für die Geschichte
von der kleinen Schwalbe und dem Tannenbaum, die aus Afghanistan kommt, aber auch unter dem Titel „Warum die Tanne immergrün ist" wiederum in Schottland veröffentlicht wurde. Oder der Geschichte von dem Schakal bzw. der klugen
Bauerntochter (Brüder Grimm, KHM 94). Das Märchen von der
Kuhschwanzgerte dagegen beschreibt, obwohl aus einem ganz
anderen, archaischen Kulturkreis, ein Problem, dass in unserer
Gesellschaft wohlbekannt ist. Es ließen sich noch viele weitere
Beispiele dafür finden, dass schon vor langer Zeit in den Märchen der Welt die Globalisierung alltäglich war. Und heute ist
die Globalisierung auch im täglichen Leben zu unser aller
Wirklichkeit geworden.

Des Weiteren sind zumindest die klassischen Zaubermärchen allesamt Migrationsgeschichten. Irgendein Mangel, sei es
der Mangel an Nahrung, sei es der Mangel an Abwechslung
(beim reichen Königssohn) oder die Suche nach einer Frau,
führt dazu, dass der Märchenheld sich auf eine Reise in die
Welt begibt. Märchenhelden sind also immer auch Migranten!
Und in den meisten Fällen kehren sie zurück in ihre Heimat.
Dabei haben sie sich nach bestandenen Abenteuern sehr zum
Positiven verändert.

Befragungen unter Flüchtlingen haben ergeben, dass ein
relativ großer Teil dieser Menschen davon träumt, eines Tages
- in nicht allzu ferner Zukunft - in ihre Heimat zurückzukeh-
ren. Wenn es uns gelingt, auf der Basis zunächst der menschli-
chen Integration und im zweiten Schritt der beruflichen Integration diese Migranten für unsere Lebensweise zu interes-
sieren und ihre mitgebrachte Sozialisation und Kultur durch
unsere Sozialisation und Kultur zu ergänzen (statt diese durch
unsere zu ersetzen), wenn es also gelingt,

Nachgedacht ...

aus diesen Fremden Freunde zu machen, dann werden sie vielleicht eines Tages als kosmopolitische Bürger, die sich in allen Lebensumständen zurechtfinden, in ihre Heimatländer zurückkehren. Dort werden sie dann als Botschafter einer modernen, weltoffenen und verantwortungsbewussten Lebensweise sehr viel zur Integration der armen Länder in die Staatengemeinschaft der globalisierten Welt beitragen können. Und sie werden vermutlich weit mehr für die Verbesserung der Lebensumstände der Menschen in den armen Ländern tun können, als es jede Entwicklungshilfe jemals kann.

Das alles mag vielleicht wie eine Utopie klingen, aber vielleicht ist es an der Zeit, das wir beginnen, die Utopie zu denken oder zumindest als eine valide Denkrichtung zuzulassen. Und wenn wir schon beginnen, die Utopie zu denken, halte ich es auch für sinnvoll, anzufangen, uns in kleinen Schritten auf diese Utopie hin zu bewegen. Ich fürchte nämlich, dass wir andernfalls über kurz oder lang nicht mehr in der Lage sein werden, unser Wohlergehen in einer globalisierten Welt sicherzustellen. Und obendrein laufen wir auch Gefahr, unsere grundsätzlichen ethischen Prinzipien vollständig zu verlieren.

Die Art und Weise, wie wir mit den Migranten umgehen, kann ein erster Schritt in Richtung auf diese Utopie sein. Schaffen wir es, ihnen mit Empathie, Pragmatismus und Intuition zu begegnen, neugierig auf jeden Einzelnen, der zu uns kommt, zu sein und die Neugierde unserer Gäste und neuen Mitbürger für unsere Kultur und Lebensweise zu wecken? Können wir die Neuankömmlinge menschlich in unseren Kreis integrieren, ohne sie dabei „umzuerziehen"? Was können sie durch die menschliche Integration von uns lernen? Und was können wir genauso von ihnen lernen? Kann die menschliche Integration gelingen?

Nachgedacht ...

Die menschliche Integration kann gelingen, wenn wir uns gemeinsam unsere Geschichten – womit ich nicht nur die Märchen meine - erzählen und vielleicht im Rahmen eines gemeinsamen Abendessens zusammen kochen. Anregungen dazu sollte dieser Band zur Genüge liefern. Vielleicht mag es Ihnen vorkommen, als sei der Weg zu dieser Utopie unendlich lang. Es mag sogar scheinen, als sei diese Utopie unerreichbar. Für unser Land, so wie es heute dasteht, und für die globalisierte Welt der heutigen Zeit ist das sogar richtig, aber ...

In der schottischen Geschichte „Columba und das kleine, rote Eichhörnchen" versucht ein Eichhörnchen mit seinem Schwanz ein „Loch" – sprich einen See – zu leeren. Als der heilige Columba ihm mehrfach erklärt, dass es dieses Loch niemals leeren wird, antwortet es: „Ich weiß, dass ich dieses Loch niemals leeren werde, aber ich mache es einfacher für diejenigen, die nach mir kommen."

Warum also nicht anfangen, es leichter zu machen für diejenigen, die nach uns kommen?

(Kay Lorenz, Januar 2017)

Über den Tellerrand kochen

„Ein Fremder ist ein Freund …" stellt Märchen, Geschichten und Kochrezepte aus den Ursprungsländern der Migrantinnen und Migranten vor. Die Initiative „Über den Tellerrand kochen", aus der im Januar 2015 der Verein „Über den Tellerrand e.V." hervorgegangen ist, verfolgt einen ganz ähnlichen Ansatz.

Die Initiative „Über den Tellerrand kochen" wurde im Oktober 2013 gegründet und ist seit Mai 2014 aktiv. Im Rahmen von „Über den Tellerrand kochen" sammeln die ehrenamtlichen Mitarbeiter des Vereins Lebensgeschichten von Migranten und kochen mit ihnen gemeinsam nach den Rezepten aus deren Heimat. Dabei sind mittlerweile drei Kochbücher entstanden, in denen einzelnen Flüchtlingen bzw. Migranten ein individuelles Gesicht gegeben wird. Die Geschichten und die Rezepte zeigen die vorgestellten Migrantinnen und Migranten so, wie sie wirklich sind. Nämlich als individuelle Menschen und nicht als Teil einer großen, anonymen Masse.

Da die Arbeit von „Über den Tellerrand kochen" gut zu diesem Band passt und einen wichtigen Beitrag zu einem modernen, weltoffenen Deutschland leistet, habe ich mich entschlossen, einen Euro pro verkauftem Exemplar dieses ersten Bandes der Märchenwege-Edition an den Verein „Über den Tellerrand e.V." zu spenden.

Weitere Informationen:
www.ueberdentellerrand.org

Herausgeber

Kay Lorenz lebt mit seiner Frau in Lüneburg. Er arbeitet seit 1985 hauptberuflich als Softwareentwickler und IT-Berater. Seine Leidenschaft aber gehört seit Jahren der Erzählkunst. Er ist also ein IT-Berater auf Abwegen. Durch einige glückliche Zufälle kam er 2008 zum Erzählen und zu den Märchen, nachdem dieser kulturelle Schatz für ihn nach der Kindheit vollständig verloren gegangen war.

Er hat eine dreijährige Ausbildung zum Märchenerzähler, Märchenberater und –therapeuten sowie diverse Fortbildungen bei namhaften deutschen und internationalen Erzählern hinter sich. Kay Lorenz erzählt Märchen, Mythen und Geschichten aus aller Welt, Märchen der Brüder Grimm (KHM) und Geschichten anderer deutscher Romantiker wie Ludwig Bechstein. Ferner erzählt er Alltagsgeschichten - Urban Legends. Sein Hauptanliegen ist das Verbreiten des freien Erzählens von Geschichten in der Pädagogik und als neuer (alter) Teil der Alltagskultur.

Kay Lorenz ist Mitglied im „Verband der Erzählerinnen und Erzähler" (**www.erzaehlerverband.org/**) und Mitglied weiterer Erzähler- und Märchenvereinigungen. Er hat Erzählkunstfestivals organisiert und in loser Folge Workshops über das Erzählen – vor allem im pädagogischen Rahmen – gegeben.

Mit diesem Band wird er auch zum Herausgeber besonderer Geschichtensammlungen.

<u>Weitere Informationen:</u>
www.maerchen-wege.de